D1368389

NOTA DEL EDITOR

DIRECCIÓN: La caravana del rey de las marionetas

EDAD: ~~6, 20, 83, 140, 237,~~ unos 400 (¡seguro que sí!)

TELÉFONO MÓVIL: 07713 12234 (robado a las piratas)

ESCUELA: St. Beckham's ¡soy demasiado mayor para ir a la escuela!

COSAS QUE ME GUSTAN: Caldo de helipescado, gorilas, colgarme de los árboles, mi hamaca en la cubierta del Betty Mae, practicar la lucha con la espada.

COSAS QUE ODIO: Joseph Craik (un matón), la capitana Cortagargantas (una matona), las mollejas, limpiar la cubierta.

Ju días
con
tomate

¡Una comida fantástica
para exploradores!

← Estalactita de hielo

¡Brrr!
¡Hace frío!

LAS INCREÍBLES AVENTURAS DE CHARLIE SMALL, YO

(¡un niño aventurero de 400 años!)

Libreta **3**

EL REY DE LAS MARIONETAS

pirueta

Título original: *The Amazing Adventures of Charlie Small: The Puppet Master*
© 2007 Publicado por David Fickling Books, una división de Random House Children's Books
© 2007 Charlie Small, del texto e ilustraciones

Primera edición: marzo de 2009

© 2009 Carol Isern, de la traducción
© 2009 Libros del Atril, S.L., de esta edición
Av. Marquès de l'Argentera, 17. Pral.
08003 Barcelona
www.piruetaeditorial.com

Impreso por Brosmac, S. L.
Carretera Villaviciosa - Móstoles, km 1
Villaviciosa de Odón (Madrid)

ISBN: 978-84-96939-89-9
Depósito legal: M-1862-2009

Si encontráis este libro, POR FAVOR, cuidadlo. Esta es la única y verdadera narración de mis impactantes aventuras.

Me llamo Charlie y tengo cuatrocientos años, quizá más. Pero en todos estos largos años, no he crecido. Alguna cosa sucedió cuando tenía ocho años, algo que no puedo entender. Me fui de viaje... y todavía estoy intentando encontrar el camino a casa. Ahora, aunque he enterrado un cuerpo congelado y he robado en una casa llena de ladrones y he luchado contra un hombre de tres metros de alto, todavía parezco un chico de ocho años normal y corriente.

He viajado hasta el fin del mundo; he luchado en batallas terribles y he sido atacado por murciélagos chupadores de sangre! Quizá creáis que todo esto parece inventado, quizá penséis que es mentira. Pero os equivocáis. Porque TODO LO QUE CUENTA ESTE LIBRO ES VERDAD.

Creed esta sencilla verdad y compartiréis el viaje más increíble que nadie ha hecho nunca.

Charlie Small.

¡Ssssss!

Un baboso lagarto gigante

Enemigos invisibles

Un enorme rugido, como el aullido de una bestia gigante, me despertó de un susto y me hizo latir el corazón con fuerza en el pecho. Intenté abrir los ojos, pero estaban como pegados y no veía nada.

—¡Socorro! —grité—. ¿Qué pasa?

El monstruo rugió otra vez, parecía que estaba muy cerca y muy enfadado, y yo empecé a tener pánico. Me froté los ojos y noté algo frío y rugoso. ¿Qué era? Ya está... ¡hielo! Tenía los párpados pegados con hielo.

Me los froté con fuerza hasta que el hielo empezó a romperse, arrancándome casi las pestañas. Al fin pude abrir los ojos. Esperaba ver a un enorme oso pardo o a un baboso lagarto gigante encima de mí con las fauces abiertas, pero cuando miré a mi alrededor sólo veía color blanco. ¡Todo, absolutamente todo, era completamente blanco! El mundo era blanco como una hoja de papel.

Una hoja de papel
en blanco

¿Qué era lo que pasaba? ¿Dónde estaba? Todavía oía los rugidos de un animal invisible a mi alrededor. El corazón me latía con fuerza e intenté pensar qué hacer.

Entonces me di cuenta de que tenía el pálido sol encima de mí. Brillaba débilmente, como si estuviera a un trillón de kilómetros de distancia. Sin pensar, alargué la mano hacia arriba y... ¡me asombré al notar que lo tocaba! Reí, nervioso. Estaba tocando el sol, ¿podía ser verdad? Y, además, el sol estaba helado y... entonces me di cuenta de dónde estaba. Estaba dentro de un huevo de nieve y hielo que se había formado a mi alrededor mientras dormía. ¡Lo que me había parecido el sol era, en verdad, la luz del sol que se filtraba por el delgado techo de mi cáscara de hielo!

Hice fuerza hacia arriba, contra el falso sol, y saqué la cabeza por el agujero.

Saqué la cabeza por el huevo de hielo.

El rugido de ese misterioso animal era el rugido del viento: un viento violento, lleno de pequeños trozos de hielo que me pinchaban las mejillas como si fueran agujas. Volví a agacharme dentro de mi refugio. No podía ir a ninguna parte hasta que la tormenta hubiera pasado, así que decidí matar el tiempo mirando a ver si tenía alguna herida de cuando me había escapado de las malvadas piratas de la isla Perfidia.

Podéis leer mi aventura en Las piratas de la isla Perfidia.

Estudiando la situación

¡Todavía no podía creerme que hubiera conseguido, por fin, salvar la vida a bordo del barco de las piratas, el *Betty Mae*, y escapar de mis traidoras y mortíferas compañeras! Había intentado escapar una y otra vez, pero siempre había fallado en el último minuto. Me habían obligado a salir en incursiones piratas, a ayudarlas a robar montones de tesoros, y durante ese tiempo me hice un enemigo mortal: el jefe de los cazadores de piratas, Joseph Craik.

Pero también aprendí algunas habilidades muy útiles. Ahora soy un experto con la espada, soy capaz de hacer cien nudos distintos y me he convertido en un cocinero tan bueno que, si encontrara el camino de vuelta a casa, seguro que me ofrecerían mi propio programa de televisión: ¡no puede haber muchos cocineros que sepan preparar un caldo de pico de gaviota!

Entonces me escapé con la ayuda de un pomposo e hinchado pez globo. Ese ridículo pez se había hinchado hasta convertirse en un globo de aire caliente y estuvimos volando por encima del ancho océano Pangaeánico durante un año entero. Cuando por fin llegamos a tierra firme, el pez hinchable se quedó sin aire y nos estrellamos tontamente contra una montaña y yo aterricé sobre un montón de nieve, donde me quedé dormido de inmediato. No tengo ni idea de dónde está ahora el pez hinchable, y sólo espero que se encuentre bien.

Acabo de abrir la mochila y he sacado todo lo que había dentro. Tengo que revisar mi equipo de explorador para asegurarme de que no he perdido nada durante ese largo y precario vuelo desde que escapé de las piratas. Por suerte, parece que lo tengo todo. En mi mochila hay:

1) Una navaja multiusos
2) Un rollo de cordel
3) Una botella de agua
4) Un telescopio
5) Una bufanda
6) Un billete de tren viejo
7) Este diario
8) Mi pijama (ahora muy gastado)
9) Un paquete de cromos de animales salvajes
10) Un tubo de pegamento (para pegar todas las cosas interesantes en mi libreta)
11) Una bolsa grande de caramelos de menta Paterchak (casi vacía)
12) Una porción de bizcocho de menta Kendal
13) Un ojo de cristal del rinoceronte de vapor

Caramelos de menta (¡de esos que pican tanto!)

14) Los restos de un enorme trozo de carne de ballena ahumada que me llevé para comer durante el viaje

15) El cuchillo de caza, la brújula, el mapa de la jungla y la linterna que encontré en un esqueleto descolorido por el sol de un explorador perdido

16) El diente de un monstruoso cocodrilo de río

17) Mi teléfono móvil y el cargador de cuerda que conseguí quitarle a la capitana Cortagargantas

18) Un mapa del océano Pangaeánico, inútil ahora, ¡pero prueba irrefutable de mi fantástico viaje!

Así que ahora he terminado de revisar mis cosas, he puesto mi diario al día y he vuelto a llenar mi mochila. Acabo de sacar la cabeza por el agujero otra vez y el viento me ha vuelto a dar una bofetada, pero la tormenta ha parado un poco y creo que ha llegado la hora de ponerme en marcha.

Bueno, allá voy. ¡Cuanto antes empiece, antes llegaré a casa! Continuaré escribiendo tan pronto como pueda.

En la blancura

Ha sido un día largo y agotador, un día completamente terrorífico y de una horrible confusión. Pero, por lo menos, me puedo calentar los dedos de las manos y de los pies, que los tengo helados, en una vieja estufa de leña que he encontrado en una cabaña de cazador abandonada.

Rompí la cáscara de hielo que se había formado a mi alrededor, me puse en pie y... ¡Uf!

El viento helado me golpeó como si me hubieran dado un puñetazo y volví a caerme al suelo otra vez, pero me puse en pie de nuevo y miré a mi alrededor. ¡Oh, no! ¡Era exactamente igual que estar dentro de mi huevo de hielo!

Todo estaba cubierto por una gruesa capa de nieve y no había ni un árbol ni una roca que me pudiera dar una pista de la distancia a mi alrededor. Me envolví bien con el abrigo, miré la brújula que tenía en la mano y empecé a caminar hacia el oeste.

Quizá mi casa se encontrara a unos cuantos kilómetros en dirección contraria, no lo sé, pero tenía que ir hacia alguna parte y el oeste parecía igual de bueno que cualquier otra dirección. Por lo menos, sabía que si seguía las indicaciones de la brújula no acabaría caminando en círculos, atrapado en una blanca extensión de hielo para siempre.

Caminé por la nieve, que me llegaba hasta las rodillas, a través de una enorme tierra helada mirando mi brújula todo el rato. El aire arrastraba nubes de polvo, nieve y hielo que me golpeaban constantemente mientras caminaba contra él. Se me helaron las orejas y los dedos me dolían muchísimo. Estaba muerto de hambre después de mi largo viaje con el pez hinchable, pero sabía que si me paraba y sacaba mi escasa ración de comida me quedaría helado allí mismo. ¡Y si alguna vez me encontraban, me habría convertido en la estatua de hielo de un niño de ocho años!

¡Se me han congelado las orejas!

Continué caminando hora tras hora, kilómetro tras kilómetro, hasta que se me enfrió tanto la cabeza que era incapaz de decidir nada. No se me ocurrió detenerme y excavar un refugio en la nieve, y de verdad creo que mi viaje se hubiera terminado allí mismo, en ese paisaje envuelto en nieve, si, de repente, el viento no hubiera dejado de soplar y el cielo no se hubiera llenado con la débil luz del sol. Me hubiera reído si no hubiera tenido la mandíbula helada, pero levanté los brazos cubiertos de escarcha con un gesto de triunfo. ¡Salvado, por fin!

Fue entonces cuando oí un profundo y

amenazador rugido detrás de mí. ¡Y esta vez no era
el viento!

La caza

Me di la vuelta despacio. Tenía miedo de que, si me
movía bruscamente, asustara a lo que fuera que
tenía detrás de mí y me atacara.

   Me di la vuelta, centímetro a
centímetro, sin moverme de mi
sitio, ¡hasta que me encontré
mirando a los ojos de un
enorme y auténtico
lobo blanco

El lobo
blanco

del Ártico con la grupa curvada! El animal caminaba arriba y abajo, nervioso, a unos diez metros de distancia de mí. Un gruñido grave e incesante retumbaba dentro de su garganta, como si fuera un motor diésel. Di un paso hacia delante con la idea de aproximarme despacio a él y ganarme su confianza acariciándole el pelo blanco, pero en cuanto me moví, el desconfiado animal retrocedió y el gruñido se convirtió en un terrorífico y profundo rugido. El lobo enseñó unos impresionantes dientes diseñados para arrancar la carne. Sin duda, era un depredador salvaje y peligroso. ¿Cómo iba a escapar de ésta?

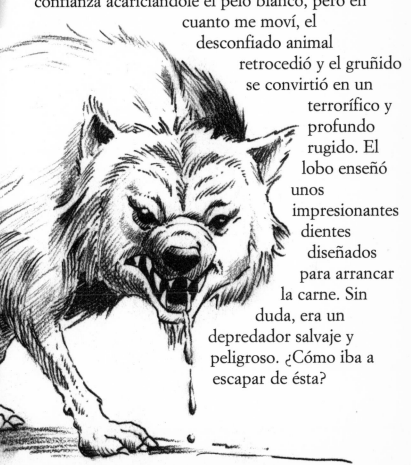

—Buen perrito, lobo bueno —tartamudeé mientras retrocedía despacio.

A cada paso que yo daba hacia atrás, el lobo daba otro paso hacia delante sin dejar de mirarme con desconfianza. De las fauces le caían unos enormes hilos de saliva. Tenía un aspecto terriblemente malvado y horriblemente hambriento. Yo me desplazaba hacia atrás y el lobo se desplazaba hacia delante. No había manera, eso no me conducía a nada. Así que intenté una estrategia distinta.

—¡Siéntate! —grité y, para mi sorpresa, el enorme lobo depositó el trasero sobre la nieve y se quedó sentado. ¡Fantástico!— ¡Ahora, quieto! —le ordené, y di otro paso hacia atrás.

¡El lobo se quedó donde estaba! Di otro paso hacia atrás, y otro, y el lobo no se movió. Cuando ya había unos cien metros entre ambos, perdí los nervios, finalmente, e hice lo que había querido hacer desde el principio. ¡Me di la vuelta y corrí! Corrí tan deprisa como pude por la nieve, que me continuaba llegando a las rodillas. ¡Y en cuanto hube empezado a correr, el lobo se levantó y se lanzó por la nieve detrás de mí aullando como un espíritu maligno!

¡La comida!

En cuanto el enorme lobo blanco empezó a correr detrás de mí, supe que estaba perdido. Él era más grande, y más malvado y más rápido que yo, y mientras yo tropezaba en la profunda nieve, el lobo corría por ella como si no existiera.

—¡Socorro! —grité.

En ese momento, el lobo me golpeó en la espalda con las patas delanteras, me tiró al suelo boca abajo y me inmovilizó.

—¡Uuuuuf!

El lobo gruñó y rugió, y empezó a mordisquear la mochila que yo llevaba a la espalda como un loco. Cerré los ojos y esperé, aterrorizado, oír el crujir de mis huesos en cuanto el lobo me mordiera en la nuca. Pero entonces los gruñidos del lobo se transformaron en un feliz gimoteo, y el animal, apartándose de mi espalda, arrastró algo hasta cierta distancia. Yo, nervioso, levanté la cabeza del suelo y miré.

¡Oh, vaya! El lobo estaba inclinado sobre un enorme trozo de carne rosada y la mordía con ansiedad sin dejar de mirarme con expresión de desconfianza. «¡Oh, socorro!», pensé. ¡El lobo acababa de abrirme en canal y de sacarme un buen trozo de carne y se la estaba comiendo mientras yo lo miraba! Pero, entonces, ¿por qué no me dolía nada?

Con cuidado, me palpé la espalda y la nuca. No parecía que tuviera ninguna herida, así que ¿qué era lo que se estaba comiendo el lobo? Me di la vuelta y vi que mi mochila estaba abierta y que todo estaba esparcido por la nieve. Solté un enorme suspiro de alivio al ver que el lobo no se estaba comiendo mi hígado, sino el trozo de carne de ballena ahumada que yo me había llevado del *Betty Mae*.

¡El lobo me estaba sacando las entrañas!

Aunque de eso hacía un año, todavía quedaba mucha carne por el simple hecho de que tenía un sabor horrible: era como una pegajosa gelatina con sabor a pescado, y yo había preferido comer algas y huevos de cormorán durante el largo viaje. Pero parecía que al lobo le gustaba, y era evidente que estaba hambriento porque se la tragaba a grandes trozos sin ni siquiera masticarla.

Despacio, alargué la mano hacia donde se encontraban mis cromos de animales salvajes, que estaban esparcidos por la nieve. Quizá me podrían decir algo acerca del lobo del Ártico. En efecto, pronto encontré el cromo adecuado. Decía lo siguiente:

DEPREDADOR DE UBICACIÓN COMO

9

LOBO DEL ÁRTICO

Los lobos del Ártico, unos animales magníficos que son orgullosos y que no tienen miedo a nada, acostumbran a vivir en grandes manadas que forman grupos de caza formidables y bien organizados. A veces algún macho atrevido vive solo y se convierte en un eficiente asesino sin escrúpulos. Tienen una fantástica habilidad para seguir un rastro y, a veces, persiguen a su presa a lo largo de cientos de kilómetros.

Aunque evitan el contacto con los seres humanos, si se establece un vínculo entre uno de estos animales y un hombre, el lobo del Ártico es el más fiel de los amigos.

CROMOS DE ANIMALES SALVAJES

Terminé de leer cuando el lobo se estaba tragando el último trozo de carne de ballena. Entonces el animal me miró con sus ojos amarillos y fieros, y yo no vi ninguna señal de que hubiera un vínculo entre nosotros. El lobo soltó un ladrido ronco, corrió hacia mí, que seguía sentado en la nieve, dio un gran salto y, volando por los aires, cayó sobre mí y me tumbó de espaldas. Yo cerré los ojos con fuerza para no ver la terrorífica imagen de sus fauces enormes y llenas de baba.

—¡Puaj, para! ¡Esto es asqueroso! —grité.

Estaba cubierto de una baba caliente y pegajosa porque el lobo me lamía la cara mientras soltaba unos breves gemidos burlones.

Abrí los ojos y el lobo se sentó, mirándome, a la expectativa. ¿Qué era lo que pasaba? ¿Por qué estaba yo todavía sentado en la nieve y no dentro de la barriga de ese lobo malvado y salvaje? Entonces vi una cosa que el animal llevaba en el cuello: ¡un collar!

Alargué la mano y el lobo se levantó y caminó despacio hacia mí hasta que pude acariciarle el pelaje denso y blanco.

—Hola, chico —dije, dándole unas palmadas en el costado—. ¿Cómo te llamas? —Le palpé el collar hasta que encontré un pequeño disco metálico en el que había la palabra *Braemar* grabada—. Hola, *Braemar*, buen chico —lo saludé mientras le acariciaba el pelaje. El animal se acercó con cuidado a mí y puso su enorme cabeza en mi regazo—. Tenías hambre, ¿eh, chico? No querías hacerme daño. ¿Dónde está tu dueño, *Braemar*? Llévame hasta tu dueño.

El lobo se incorporó, soltó un ladrido y se apartó unos pasos. Yo recogí mis cosas rápidamente, las volví a meter en mi gastada mochila y seguí al lobo por la profunda nieve en dirección a un horizonte sin forma.

Caliente y a salvo

Caminamos durante muchas horas y durante el trayecto volvieron a caer otra vez copos grandes y suaves. Nevaba tanto que era difícil ver a *Braemar*, que avanzaba delante de mí. Como tenía miedo de perderlo de vista, lo agarré por el collar y dejé que me condujera por el accidentado terreno.

La nieve había cubierto el paisaje por completo, hasta tal punto que no vi la cabaña de madera hasta que tropecé con el escalón de la entrada. *Braemar* se había detenido, y miraba la cabaña y me miraba a mí mientras ladraba y gemía. Yo me puse en pie y el lobo empezó a dar golpes en la puerta con las patas delanteras. Hacía tanto frío que yo ni siquiera me preocupé de llamar a la puerta, sino que entré corriendo en la cabaña como si entrara por la puerta de mi propia casa.

—Hola —grité.

Pero no había nadie. Vi que había una estufa de leña ante una de las paredes, así que corrí hasta él y abrí la puerta. El fuego estaba apagado, pero había un montón de astillas de madera al lado y una gran caja de cerillas encima del estante, junto a un ordenado montón de latas de comida.

Coloqué la leña rápidamente mientras me frotaba el cuerpo para entrar en calor. Entonces acerqué una cerilla encendida a las astillas de madera, que estaban muy secas y prendieron inmediatamente. Mientras apilaba la leña, la madera crujió, envuelta en llamas. Pronto noté que el aire de la habitación se caldeaba y empecé a sentir dolor en los dedos de las manos y de los pies mientras se calentaban, y la sangre volvía a correr por ellos otra vez.

—Gracias, *Braemar* —dije, mientras

La cabaña de madera.

pisaba con fuerza en el suelo y me frotaba las manos para aligerar el dolor—. Muchas gracias.

Pero *Braemar* ya no estaba a mi lado: había ido a tumbarse junto a unas literas que había al otro extremo de la cabaña.

—Ven a calentarte, chico —lo llamé, pero el lobo ni siquiera levantó la mirada—. ¿Qué pasa? —pregunté, sin querer alejarme del calor de la estufa para ir hacia la oscuridad del otro extremo de la habitación.

El lobo me miró con expresión triste y luego dirigió los ojos hacia un montón de sábanas que había en la litera de abajo.

—¿Qué pasa, chico? —le pregunté mientras levantaba una de las sábanas por un extremo. ¡Oh, vaya! El brazo de un ser humano, rígido y delgado, cayó de la litera y me golpeó en las rodillas—. ¡Uau! —grité, dando un salto hacia atrás del susto—. ¡Es un cuerpo!

Y salí corriendo hacia la puerta.

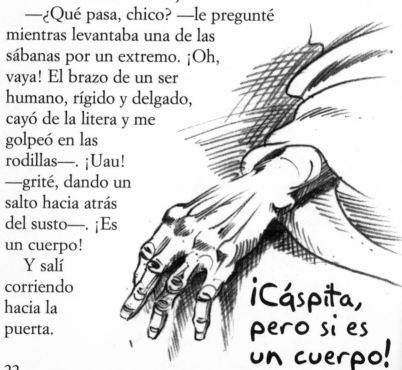

¡Cáspita, pero si es un cuerpo!

El trampero

«Recupera la calma —me dije a mí mismo en cuanto puede respirar otra vez—. No puede hacerte daño... ¿no es verdad?» Así que volví a acercarme, muy despacio, a las literas mientras decía «Hola» y «No se preocupe, soy un amigo». Pero no obtuve ninguna respuesta del montón de sábanas.

Aparté las sábanas con disgusto y... oh, sí, tenía razón. Allí estaba el cuerpo del último dueño de *Braemar*. Era imposible saber cuánto tiempo hacía que estaba allí, porque el frío había conservado el cuerpo. Estaba completamente helado, como un bloque de hielo. La piel del rostro era delgada y parecía de papel, algo semejante a la de las momias que había visto en una visita a los museos que hacíamos en St. Beckham's.

Llevaba puestas unas ropas de cazador y en la cabeza tenía un gran gorro de piel. Sobre del pecho llevaba un cinturón lleno de cuchillos de todas las formas y tamaños posibles. Debía de haber sido un trampero, pensé, y ésas eran las herramientas de su oficio. Al lado de una de las manos había un trozo de papel. Con cuidado, y sin atreverme a respirar por si el cuerpo volvía a moverse, alargué la mano y lo cogí. Era una carta, los últimos deseos de un hombre moribundo. Todavía en estado de susto, la leí, con las manos temblorosas. Decía lo siguiente:

A QUIEN ENCUENTRE MI CUERPO:

Vieja cabaña del trampero
Cordillera arrasada por el viento
Tierras heladas

Qué tal, compañero:

¡En primer lugar me gustaría disculparme por haberte dado un terrible susto! Sé que no me queda mucho tiempo en este mundo: ya llevo bastante sin levantarme de la cama, enfermo a causa del frío terrible que cogí después de haberme caído por el hielo de las aguas heladas de abajo. Conseguí salir de ellas y, en condiciones normales, me habría quitado el frío de encima. Pero la combinación de mi extremadamente avanzada vejez y este terrible invierno ha hecho que la infección no se haya curado y no me la puedo quitar de encima.

No importa, compañero: he tenido una vida larga y buena y estoy muy cómodo en mi pequeña cabaña. Pronto volveré a estar en esas fantásticas tierras de caza del cielo donde, creo, los castores y bichos peludos se quitan las pieles y las dejan colgando en las ramas de los árboles. ¡Y donde los ríos están llenos de whisky puro!

Por favor, sírvete todo lo que necesites: comida o combustible, herramientas o ropa para el Ártico. Pero hay tres cosas que me gustaría que hicieras por mí.

1) Por favor, entiérrame muy hondo en un montón de nieve cerca de mi cabaña con mis cuchillos de caza.

2) Envía a mi fiel compañero de caza, *Braemar*, al bosque de nuevo. Abre la puerta y oblígalo a salir. Pronto encontrará una manada de lobos y eso es lo mejor que le puede pasar.

3) Cuando te marches, quema la cabaña para que *Braemar* no pueda volver a buscarme.

Buena suerte en tus viajes, seas quien seas. Debes de estar muy lejos de tu casa para haber llegado a esta helada tierra.

Buen viaje,

Archie Blane

Archie Blane,
el trampero

Bueno, hice lo que el trampero Blane pedía. Cavé un profundo agujero en la nieve y, con cuidado, tumbé en él al viejo para que descansara, envuelto en sus sábanas.

Encontré un trozo de madera, escribí su nombre en él y lo clavé en el suelo a modo de lápida.

Fue un trabajo triste y desagradable, pero ahuyentar a *Braemar* fue casi más de lo que podía soportar. Le di una buena comida con las latas que había en la estantería del trampero Blane, luego abrí la puerta y lo espanté haciendo chocar dos latas vacías. El lobo me miró, intentando comprender por qué lo estaba echando. Si lo comprendió o no, no lo sé, pero de repente levantó la cabeza y aulló hacia el cielo blanco. El aullido resonó en las dunas de nieve y luego se apagó. Entonces se oyó, lejos, otro aullido. *Braemar* me miró una vez, ladró y luego salió corriendo por la nieve en dirección al aullido de respuesta.

—Adiós, *Braemar* —grité—. ¡Y buena suerte!

El lobo no se dio la vuelta, sino que continuó corriendo hasta que ya no pude distinguir su pelo blanco del paisaje cubierto de nieve.

El mapa

Esa noche eché todos los troncos en la estufa y pronto la cabaña estuvo caliente y acogedora. Tendí mi ropa empapada delante del fuego para que se secara y me puse unas ropas para el frío del trampero Blane.

Había un armario lleno de pantalones y chaquetas hechas con pieles y cuero. Yo sabía que poner trampas a los animales no estaba bien, pero en cuanto me puse esas pieles de animal encima me di cuenta de que eran mucho más efectivas que mis gastados tejanos y mis zapatillas de deporte.

Los pantalones eran un poco largos, pero los doblé un poco y metí papeles viejos dentro de las botas, que eran demasiado grandes, así que pronto tuve los dedos de los pies muy calientes.

Ahora he comido hasta

¡Mis ropas de piel!

saciarme de la comida enlatada: fiambre y judías, ¡ñam, la mejor comida desde que me fui del *Betty Mae*! He echado un vistazo por aquí y el corazón me ha dado un vuelco al encontrar un mapa entre un montón de notas y de papeles colgados de la pared de la cabaña. Es un mapa donde aparece un pueblo que se encuentra quizá solamente a un día de distancia de aquí caminando. Un pueblo con casas de verdad y tiendas y personas... y, quién sabe, ¡quizá allí haya una estación de tren para ir a casa! Éste es el mapa que he encontrado.

¡Está claro que ahora nada puede detenerme!

Me he sentido tan contento que me he sacado el móvil del bolsillo y he telefoneado a casa. Cuando mamá ha contestado por fin, la línea hacía mucho ruido. Para ella parece que siempre sea el día en que me fui de casa a explorar, ¡y todavía me está esperando en casa a que vaya a tomar el té!

—¡Mamá! —he gritado en cuanto ha contestado al teléfono.

—Ah, hola cariño, ¿va todo bien?

—Bueno, ¡las cosas van mejor, mamá! Estoy en la cabaña de un trampero muerto en medio de una tierra enorme y helada.

—Suena fantástico, cariño —ha dicho mamá—. Oh, espera un momento, Charlie. Acaba de

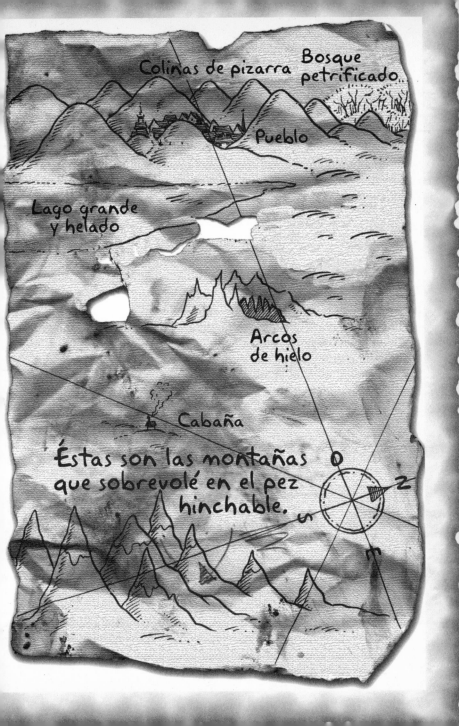

entrar tu padre. Ah, recuerda no llegar tarde para el té...

—No, mamá, creo que no llegaré tarde. Hay un pueblo no muy lejos de aquí y espero tomar un tren de vuelta... ¿Mamá?

Pero mamá había colgado. Bueno, sé que no me puede oír en realidad. Ella continúa teniendo la misma conversación que tuve con ella hace años, justo después de que me tirara por esa catarata subido a la espalda de un enorme cocodrilo y de que llegara a la ciudad de los gorilas. Pero me gusta oír su voz y quizá algún día ella me oiga de verdad y yo sabré que estoy más cerca de casa.

Ahora mi diario está actualizado. Tengo pensado dormir bien esta noche, porque mañana me espera un día de caminar mucho y necesitaré tener todas mi fuerzas. Quizá la próxima vez que escriba lo haga desde el pueblo... ¡o, cruzo los dedos, desde el tren que me llevará a casa!

Los arcos de hielo

Estoy escribiendo mis últimas aventuras a la luz de
la tarde, después de haber puesto una distancia
de seguridad entre los arcos y yo. Estoy
absolutamente famélico: no había comido nada
desde esta mañana, así que he abierto una lata de
judías y me las estoy comiendo frías en la misma
lata. ¡Fantásticas!

La escala del mapa debe de estar mal.
He tardado todo el día en llegar a los grandes
arcos de hielo, que están sólo a mitad de camino
del pueblo. Voy a tardar más de lo que creía, a
pesar de que he caminado más deprisa de lo que
esperaba.

Encontré la caja de herramientas del trampero
Trapper en un armario, y detrás de la cabaña
había un montón de madera vieja. Revisando los
trozos de madera, encontré una plancha de madera
larga y estrecha que se había combado por la nieve
húmeda y que tenía uno de los extremos curvado
hacia arriba. Conseguí cepillarla, lijarla y pulirla
hasta que quedó suave como un cristal. Luego
sujeté un largo trozo de madera a la plancha con
dos trozos de madera clavados a ella en el ángulo
correcto y coloqué dos asas que había sacado de
dos cacerolas a modo de manillar. Rápidamente me

había construido un patín de nieve. Tenía este aspecto:

Asas de cacerola

Mi superveloz patín de nieve

Plancha de madera pulida

Tenía la mochila repleta de cosas nuevas: puse unas cuantas latas de comida, la caja de cerillas, un destornillador, un viejo transistor de radio, unos cuantos lápices nuevos, una lupa grande y una trampa de aspecto terrible que pensé que podría ser de utilidad algún día. Metí mi ropa vieja en el fondo de la mochila y me coloqué el abrigo de piel del trampero y un sombrero que encontré colgado de un gancho. Eché un último vistazo a la habitación, encendí una cerilla, la coloqué en un montón de harapos, cerré la puerta y me alejé con mi patín de nieve.

¡Funcionó! La plancha se deslizaba con facilidad

por la nieve y pronto me encontré viajando a buena velocidad. Detrás de mí, desde la cabaña envuelta en llamas se levantaba una columna de humo hacia el cielo. Delante de mí, la nieve fresca y blanca se perdía hasta el horizonte. Era agradable estar viajando otra vez. Subí hasta la cima de una duna de nieve, me deslicé hacia abajo por el otro lado y subí hasta la cima de la siguiente.

Pronto hube hecho muchos kilómetros, pero el sol ya casi se había puesto cuando vi los enormes arcos de hielo que se levantaban delante de mí.

Estalactitas de hielo... ¡y otras cosas!

Empecé a ver unas pequeñas columnas de hielo a medida que me acercaba que se fueron haciendo más grandes y numerosas mientras continuaba hacia delante. Muy pronto me encontré en medio de todas esas angulosas columnas de hielo, que se levantaban hasta veinte metros hacia el cielo, como si fueran las columnas de una enorme catedral de hielo. Entonces, mientras el sol tocaba el horizonte y su fuego rojo teñía todo el paisaje, di la vuelta con el patinete a una enorme columna y vi los arcos de hielo delante de mí.

Eran impresionantes: tres enormes arcos de hielo azul que despedían todos los colores del arco iris allí donde llegaban los últimos rayos del sol. Unas estalactitas de tres metros de longitud colgaban de los arcos, y brillaban como si estuvieran vivas. Dejé el patinete y corrí hasta debajo de uno de los arcos. El techo, alto y curvado, destellaba y rutilaba como si fuera una gruta de un cuento de hadas y bajaba hacia el suelo formando una enorme caverna de hielo. ¡Sería un refugio fantástico para pasar la noche!

Éste soy yo ⌐ de pie delante del arco de hielo.

Penetré un poco más en la cueva de hielo, asombrado al ver todas esas hermosas y coloridas formas a mi alrededor. De repente sentí un picor terrible en la garganta y se me llenaron los ojos de lágrimas. Me agaché hacia delante en un ataque de tos y resonó en toda la cueva. Luego oí un sonido extraño que procedía de arriba, como si unas hojas de árboles fueran movidas por el viento. Miré a mi alrededor para ver si había alguien ahí, pero no pude ver nada entre esas enormes estalactitas. Y entonces oí otra vez la voz rasposa.

—¿Hola? —llamé en voz baja. Y, luego, más alto—: ¿Hay alguien ahí?

El eco de mi voz llegó hasta el techo y las estalactitas empezaron a temblar y a entrechocar como copas sobre una bandeja. Levanté la vista justo en el momento en que una enorme estalactita se rompía y caía desde el techo.

¡Uau! Tuve que dar un salto para esquivar esa gran lanza de hielo que se precipitaba al suelo.

¡Crash! No fui lo bastante rápido y la estalactita se clavó en mi abrigo de piel,

haciéndome caer al suelo y dejándome
inmovilizado. Justo entonces el techo de la
cueva se llenó de ruido como si miles de
paraguas se abrieran y cerraran una y otra vez,
y al levantar la cabeza vi una multitud de
murciélagos
chupadores de
sangre que se
precipitaban
hacia abajo en

dirección a mí.
—¡Socorro!
—grité,
mientras me
cubría las
orejas con el
grueso cuello
del abrigo de
piel.

¡Murciélagos al ataque!

Se precipitaban como un escuadrón de cazas, haciendo batir las alas y emitiendo unos chillidos agudos que rasgaban el aire. ¡Iiiip, iiiip, iiiip!

Los murciélagos se precipitaron hacia mí como pilotos kamikaze, golpeándome por todas partes con sus alas. Intenté arrancar la estalactita que estaba clavada en el suelo, pero estaba muy bien sujeta y yo me encontré atrapado, ¡como un animal de sacrificio bajo una manada de ratas voladoras y chupadoras de sangre! Me cubrí la cabeza y los malignos animales me arrancaban pequeños trozos de piel de las manos al pasar con sus colmillos afilados como agujas.

—¡Aaaagh! —grité, agitando los brazos a mi alrededor como un loco.

Pero los murciélagos continuaban cayendo sobre mí como en un bombardeo interminable. ¿Qué podía hacer? ¿Cómo podía detenerlos? «Piensa, Charlie —me dije a mí mismo—. ¡Piensa!» Pero no es fácil pensar cuando tienes la cabeza metida dentro de una nube de murciélagos que te muerden y te golpean.

Entonces, de repente, lo recordé: los murciélagos se orientan con su sónar. Los agudos chillidos que emiten rebotan en los objetos que tienen alrededor y así pueden cercar a su presa con la precisión de un misil guiado por un radar. ¡Pero yo sabía cómo confundir su radar!

Me quité la mochila tan deprisa como pude y la coloqué debajo de mí. Los murciélagos continuaban atacando, precipitándose como bombas y golpeándome con una fuerza terrible. Chillaban y gritaban, y me arrancaban trozos de pelo del abrigo dejándome un montón de moratones en la espalda. Entonces, mientras me protegía debajo del abrigo, me puse de rodillas delante de la mochila y saqué todas las cosas que tenía dentro. Finalmente encontré la vieja radio del trampero Blane.

Extendí la antena, subí el volumen al máximo y luego, girando el dial a un lado y a otro hice que la radio sonara con fuerza.

Los estridentes sonidos de la radio resonaron en toda la cueva, haciéndome daño en los oídos. ¡Esperaba que tuviera el mismo efecto en los murciélagos!

Casi inmediatamente, los

OOO £££O OO!

animales se confundieron. Sus sónares fallaron y empezaron a chocar los unos contra los otros y a toda velocidad contra las paredes de la caverna. Volví a girar el dial y los murciélagos se elevaron en el aire y empezaron a chocar con las estalactitas, que cayeron al suelo como una lluvia de cuchillos. Yo me quedé agachado en el suelo mientras las estalactitas caían a mi alrededor. *¡Clinc, pam, clinc, clanc!* Poco a poco todo volvió a quedar en silencio y yo levanté la cabeza con cuidado para mirar la destrucción que había a mi alrededor.

Por todas partes, en el suelo, había estalactitas que habían atravesado a los murciélagos por la mitad del cuerpo. Sentí lástima por esos animales, pero entonces recordé cómo se habían precipitado desde el techo para atacarme y vi que tenía las manos llenas de sangre, así que cambié de opinión. Apagué la radio, me quité el abrigo de piel, que continuaba clavado al suelo por la estalactita, y me puse en pie, temblando.

Nunca había visto a unos murciélagos como ésos, así que, como un explorador de verdad, he decidido dar un nombre a esa especie desconocida.

El salvaje murciélago de las estalactitas

Es un murciélago grande, del tamaño de un conejo, que tiene unas alas de cuero que miden metro y medio de punta a punta. Tienen colmillos afilados como agujas de tres centímetros de longitud. Cuando están colgados del techo de una cueva y tienen sus enormes y pálidas alas plegadas alrededor del cuerpo, parecen unas estalactitas y se camuflan perfectamente en el techo de una cueva de hielo. Son unos carnívoros muy agresivos y atacan en masa, miles a la vez, sin dejar que su presa escape. Su cara es la más terrorífica de todas las que he visto desde que empecé mis aventuras.

Huyendo en la noche

Después de derrotar a los salvajes murciélagos, di un golpe a la temible estalactita que todavía estaba clavada en el abrigo y en el suelo. Conseguí romperla por la base y rápidamente volví a ponerme el abrigo. Los dientes me castañeteaban del frío, pero pronto volví a entrar en calor.

No tenía ganas de quedarme más tiempo del necesario en la cueva de hielo. Era posible que hubiera otro escuadrón de murciélagos en algún lugar del techo, dispuesto a atacar otra vez. Así que recogí mis cosas rápidamente, me puse la mochila en la espalda y corrí en la noche.

Al salir, vi un montón de huesos pequeños entre las estalagmitas. Me agaché y me di cuenta de que era una especie de cementerio de murciélagos. Cogí un cráneo grande y con dientes y me lo guardé en la mochila. ¿Qué mejor prueba podía encontrar de mi encuentro con esos desagradables animales? En casa, mis amigos quedarían verdaderamente impresionados.

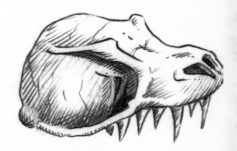

Bueno, es hora de marcharse de aquí. Tengo un mapa, una brújula y una linterna, así que continuaré mi viaje de noche. Con mi patín de nieve y mi brújula, estoy preparado para deslizarme hacia lo desconocido otra vez.

El cielo está lleno de estrellas parpadeantes de un extremo a otro. Los meteoritos vuelan por la aterciopelada noche dejando una estela de fuego amarillo, y una luna grande y amarillenta flota sobre mí. ¡Adelante!

Nieves movedizas

¡Esto es increíble! Nunca adivinaríais dónde estoy ahora. Ha pasado lo más impresionante del mundo, y ha sido en el momento oportuno, si no mi viaje ya habría terminado. Estoy montado encima de un increíble...

¡No, primero debo explicar cómo he llegado aquí!

Corrí durante la noche, dejando atrás, muy lejos, los destellos de los arcos de hielo. La luna iluminaba el suelo de delante de mí mientras yo seguía hacia el este, siguiendo mi brújula, hacia el pueblo y la civilización. En todo el rato no hice caso de los extraños ruidos que se oían entre las sombras, a ambos lados de mí, y cerraba los ojos ante las temibles formas que batían las alas de vez en cuando por delante de la luna. Pero, de repente, vi que el suelo se movía, subiendo y abombándose, y giré abruptamente el patín y me detuve derrapando.

¿Qué era? Quizá era el inicio de un terremoto y el suelo iba a abrirse ante mí. Observé, fascinado, cómo la nieve se levantaba y bajaba, como si fuera una enorme sábana hinchada por el viento. Entonces la nieve empezó a caerse a los lados y vi la lisa espalda de un animal que emergía de debajo. La nieve del suelo empezó a abrirse por todas partes y, de repente, dos, tres, ¡no!... cientos de gruesas cabezas se levantaron y olieron el aire.

Eran gusanos, unos gusanos enormes, de un color rosa pálido, que tenían unos ocho metros de longitud. Todos olían el aire con sus narices. El que estaba más cerca de mí bajó su enorme y roma cabeza y, con suavidad, me dio un golpe en el estómago. Yo aguanté la respiración y me quedé inmóvil mientras el animal me daba golpes y empujones, oliendo, inspirando, como si fuera la trompa ciega de un aspirador.

Salvado por mi pijama

Miré a mi alrededor y vi que los otros gusanos empezaban a acercarse a mí, despacio pero sin detenerse. Al cabo de unos minutos me encontraría rodeado. Si hubiera sido más rápido y hubiera huido en ese momento, quizá lo habría conseguido. Pero dudé al ver que avanzaban y que eran demasiados para esquivarlos. ¡Estaba siendo rodeado por un sólido muro de bichos! ¿Qué iba a hacer?

El gusano que tenía más cerca olió el aire y volvió a darme un golpe con el hocico. Intentó enfocarme con sus diminutos ojillos y me di cuenta de que se guiaban más por su sentido del olfato que por su deficiente vista. Di un paso hacia atrás y, por un segundo, el gusano no supo dónde me encontraba. Movió la cabeza a derecha e izquierda, olisqueando en el aire. Entonces percibió mi olor otra vez y se movió hacia delante.

Yo di más pasos hacia atrás mientras rebuscaba con una mano dentro de mi equipo de explorador. ¡Si lo que querían era algo oloroso, yo tenía justo lo que querían! Encontré mi gastado y apestoso pijama y lo saqué. Me aparté todo lo que pude del gusano que tenía más cerca intentando no acercarme demasiado a los demás y me arrodillé sobre la nieve. Los gusanos se aproximaban desde todas las direcciones.

Empecé a hacer un montón de nieve y muy, muy deprisa, hice un hombre de nieve de casi el mismo tamaño que yo. Mientras los gusanos se acercaban cada vez más, vestí al Charlie de nieve con mi pijama. Yo me lo había puesto cada noche desde que empecé mi viaje y ahora ya estaba más que apestoso.

Los gusanos notaron inmediatamente el fuerte olor del pijama, y arrugaron los hocicos de excitación. Se deslizaron hacia delante tan deprisa como su enorme masa se lo permitió, y yo me tumbé en la nieve. Se reunieron alrededor de mi señuelo y atacaron. Por suerte, pronto se hubieron enzarzado en una comilona frenética y yo pude abrirme paso entre dos de esos enormes y fofos trozos de cebo de pescado sin que se dieran cuenta.

Los gusanos estaban aplastando al hombre de nieve dándole golpes con sus enormes y romas cabezas, como si fueran martillos. Cogieron el pijama con sus fauces desdentadas pero poderosas, tiraron y rasgaron la tela hasta dejarla hecha jirones. En cuanto me hube alejado a gatas de ellos, me puse en pie, tembloroso y en silencio, y subí a mi

¡Los gusanos atacaron
a mi hombre de nieve!

patinete. Eché un último vistazo hacia atrás, hacia
los gusanos que seguían golpeando la nieve y salí
deslizándome con el patinete tan deprisa como
pude. ¡Fantástico, pensé, me había salvado gracias a
un apestoso pijama!

A la mañana siguiente, cuando el sol empezó a
salir, llegué a la cima de una colina no muy alta y
me encontré ante un enorme lago helado: un lago
que era tan grande como un océano. A lo lejos vi
una ligera mancha azul que eran las Colinas de
Pizarra. Yo sabía que el pueblo se encontraba

cobijado en algún lugar entre esas colinas. Me lancé hacia allí por encima del hielo. Ahora nada podía detenerme.

Bueno, hubiera tenido que ser más listo, porque sólo había recorrido una pequeña parte del trayecto cuando... ¡todos mis planes se hundieron bajo mis pies!

Un buen trago

Mi patinete se deslizaba por el duro y brillante hielo a una gran velocidad y yo gritaba de alegría. A esa velocidad llegaría a las Colinas de Pizarra a la hora de cenar. Quizá encontraría una hamburguesería y pediría una maxihamburguesa con patatas fritas: ¡estaba seguro de que todavía me quedaban unos cuantos doblones en el bolsillo! Luego buscaría la estación de tren y, con suerte, al día siguiente por la mañana estaría subido en un tren que me llevaría a casa.

Entonces, de repente, mi patinete empezó a ir más despacio y de detrás de él salía una nube de hielo picado. Miré hacia abajo y vi que había una fina capa de agua encima del hielo del suelo. ¿Qué estaba pasando?

El patinete perdió todavía más velocidad y, a

medida que el hielo medio derretido aumentaba, más difícil era continuar empujándolo.

—¡Maldita sea! —grité.

A esa velocidad sería más rápido ir caminando. Pero cuando puse los pies sobre el hielo, éste desapareció bajo mis pies convirtiéndose en un montón de nieve medio derretida. Y, lo que fue todavía peor, yo permanecí allí de pie demasiado rato y mis botas también empezaron a hundirse. De repente me encontraba en peligro de caer en ese cenagal de hielo medio derretido hasta las heladas aguas de debajo.

Saqué un pie y luego otro de ese cenagal, pero en cuanto los puse otra vez en el suelo, volví a hundirme en el hielo derretido. Me tiré al suelo boca abajo con los brazos y las piernas extendidos para distribuir mejor mi peso. Funcionó: ya no me estaba hundiendo, ¡pero tampoco podía ir a ninguna parte en esa posición!

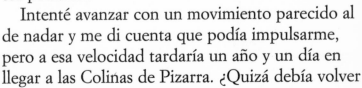

Intenté avanzar con un movimiento parecido al de nadar y me di cuenta que podía impulsarme, pero a esa velocidad tardaría un año y un día en llegar a las Colinas de Pizarra. ¿Quizá debía volver por donde había venido? ¡No! Después de todo ese esfuerzo y de haber recorrido todo ese camino, y sabiendo que allí en el horizonte había un pueblo lleno de gente, no podía dar media vuelta. ¿Qué iba a hacer?

Mientras estaba ahí tumbado, con la punta de la nariz sobre el agua helada, y pensaba en mi dilema, de repente vi una sombra enorme que pasaba por debajo de mí, bajo el hielo, en la profundidad del agua. ¿Qué demonios era eso? El corazón me dio un vuelco en cuanto vi que la sombra volvía a pasar. Empecé a moverme rápidamente, intentando llegar a tierra firme para poder ponerme en pie y correr.

¡Avanzaba rompiendo el hielo!

—¡Rápido! —grité, dándome prisa a mí mismo—. ¡Hay algo ahí abajo!

Avancé por el hielo dando manotazos como si fuera una tortuga gigante hasta que, al final, noté que era más firme y me apoyé en una rodilla. En ese momento, el hielo que había detrás de mí explotó en un millón de trozos. Me di la vuelta y allí, a unos cien metros de distancia y corriendo a la velocidad de un tren expreso hacia mí, vi la boca más grande que había visto nunca. Y no había ninguna duda: ¡esas fauces abiertas venían directamente a por mí!

Intenté escapar, pero no tuve oportunidad. El

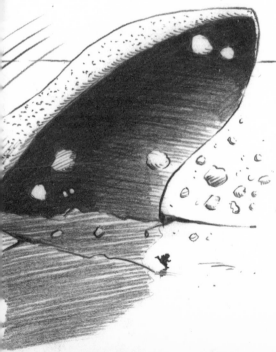 monstruo avanzaba rompiendo el hielo y justo cuando sus fauces se cernían sobre mí, el hielo que tenía bajo los pies cedió. Caí en las aguas heladas y me quedé sin respiración por el frío, mientras me hundía en las profundidades.

Entonces el mundo estalló en un torrente de burbujas y unos grandes trozos de hielo cayeron sobre mí: las fuertes mandíbulas de esa criatura marina se cerraron por encima de mi cabeza y fui tragado por la oscuridad.

En el vientre de la bestia

—¡Socorro! —grité.

Esa gigantesca criatura marina me había engullido y caí en la oscuridad, rodando y dando tumbos y gritando hasta que caí encima de algo esponjoso y blando. ¡Puaj, era asqueroso! ¿Eso era la lengua? Di patadas y me debatí, con la esperanza de que el monstruo me escupiera antes de caer en su estómago, pero no sirvió de nada: rodé hasta el fondo de la garganta del animal y aterricé con un ruido metálico, completamente empapado, sobre algo duro.

¡Qué extraño! Me agaché y palpé a mi alrededor. Sí, no había ninguna duda: el suelo era metálico. Noté unas formas de diamante grabadas en los paneles y en los remaches que los unían.

De repente capté una brillante luz y vi que me encontraba en una especie de caja metálica. ¿Qué clase de criatura era ésa? En uno de los lados había una puerta que tenía una enorme rueda. Giró sin ninguna dificultad y la pesada puerta se abrió a un oscuro y largo pasillo. Eso no era ningún animal... era alguna especie de máquina. ¡Había sido tragado por un submarino monstruoso!

Una hilera de luces se encendió en el pasillo. Las seguí, dejando atrás un montón de máquinas que

En uno de los lados había una puerta

rugían, hasta que llegué a otra puerta. Ésta daba a una sala bien iluminada y grande como un hangar de aviones y en la que unos bloques de acero se levantaban por encima de mí como si fueran rascacielos. No había nadie allí, así que me apresuré por la sala hasta que llegué a los pies de una escalera y empecé a subir.

¡Éste soy yo!

Me apresuré por la sala...

¿Hay alguien ahí?

Salí por una escotilla abierta a un rellano vacío. Otra escalera me llevó al nivel superior, que también estaba desierto. ¿Dónde estaba todo el mundo? El submarino estaba igual de vacío que el *Mary Celeste*.

—¿Hay alguien ahí? —grité, pero no obtuve respuesta.

En ese momento me sentía muy inquieto. Si ese navío tenía tripulación, ¿dónde estaba la gente? ¿Estaban vivos? ¿Eran amigos o enemigos? Si el navío estaba vacío, ¿cómo iba a salir y a continuar mi viaje a casa?

Recorrí otro pasillo hasta otra puerta y, en cuanto la abrí, me encontré ante una de las visiones más increíbles de mi viaje hasta ese momento.

Debajo del hielo en la ballena hidroeléctrica

Por un terrible momento pensé que había salido del submarino y que me encontraba en el agua, porque a mi alrededor nadaban unos extraños peces de brillantes colores. Entonces me di cuenta de que estaba debajo de una enorme cúpula de cristal que tenía muchas luces que iluminaban el mundo submarino de fuera.

Éstos son algunos de los increíbles peces que vi nadando fuera del submarino.

Pez de cintas

Pez-cráneo

Pez pescador sonriente

El octocerdo

Pez-elefante con lunares

Poco a poco, las luces del exterior se fueron apagando y, como un sol naciente, las luces de dentro de la cúpula de cristal se encendieron. Me encontraba en una gran sala de observación amueblada con cómodos sofás y unas mesas bajitas y en forma de aleta. Encima de una de las mesas había un montón de folletos. Cogí uno de ellos y descubrí dónde me encontraba. El folleto lo explicaba todo:

¡Lo pegaré en la página siguiente para que podáis ver lo increíble que es!

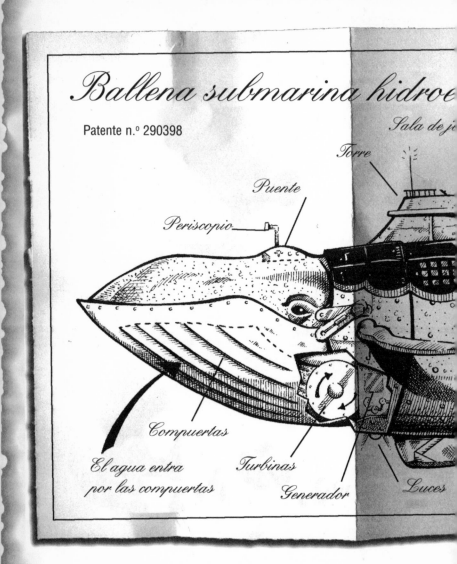

Ballena submarina hidroe

Patente n.º 290398

Sala de j

Torre

Puente

Periscopio

Compuertas

El agua entra
por las compuertas

Turbinas

Generador

Luces

58

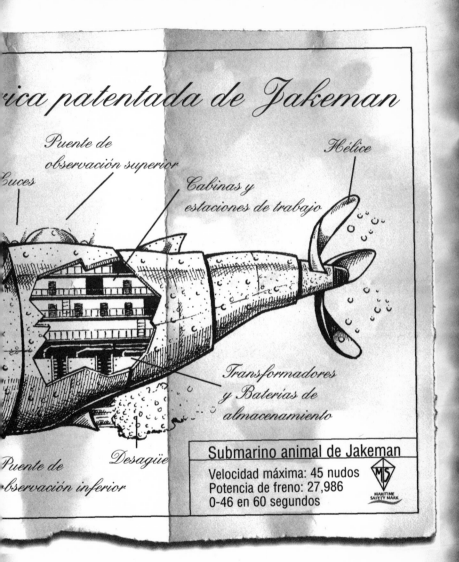

rica patentada de Jakeman

Puente de
observación superior

Hélice

Luces

Cabinas y
estaciones de trabajo

Transformadores
y Baterías de
almacenamiento

Desagüe

Puente de
observación inferior

Submarino animal de Jakeman

Velocidad máxima: 45 nudos
Potencia de freno: 27,986
0-46 en 60 segundos

MS
MARITIME
SAFETY MARK

Como podéis ver, estaba a bordo de la Ballena Submarina de Jakeman. ¡Oh, era una máquina increíble! El folleto decía que mientras la Ballena Submarina avanzaba hacia delante, el agua entraba a través de las compuertas hasta unas enormes turbinas y las hacían girar. Estas turbinas ponían en marcha los generadores que convertían la fuerza en electricidad, y ésta pasaba a los enormes transformadores parecidos a rascacielos que hacían girar la hélice. Siempre que la ballena submarina se moviera, generaba su propia electricidad. En las baterías se almacenaba electricidad suficiente para hacer subir el submarino. ¡Jakeman había inventado una máquina que estaba en movimiento perpetuo!

Y además —aunque no tengo ni idea de por qué— me había vuelto a salvar la vida, porque ¡seguro que me habría hundido hasta el fondo del lago helado si la ballena submarina no hubiera aparecido justo a tiempo!

Atrapado

En una esquina de la sala encontré una máquina dispensadora. Saqué una taza de chocolate (oh, estaba delicioso) y me senté a una de las mesas para escribir mis últimas aventuras. ¡Y aquí estoy!

Ahora que sé que estoy a bordo de una máquina de Jakeman, ya no me siento tan asustado. Aunque no tengo ni idea de quién es, sus inventos siempre han sido buenos aliados míos. A pesar de todo, es inquietante saber que no hay nadie a bordo... pero, ¡un momento! ¿Tiene que haber un piloto a bordo, no? Si no, ¿quién conduce esta monstruosa cosa submarina?

De repente, una megafonía se ha puesto a funcionar y me ha dado un susto de muerte: una voz estruendosa ha resonado por todo el submarino.

—La Ballena Submarina ha cruzado el lago helado y ahora viajamos a una profundidad de cinco brazas a través de unos pequeños pasajes por debajo de las Colinas de Pizarra. La Ballena Submarina ha cruzado el lago helado y ahora viajamos a una profundidad...

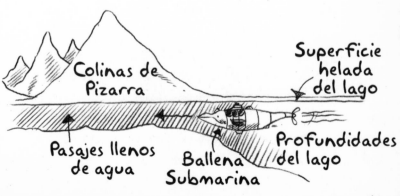

Colinas de Pizarra

Superficie helada del lago

Pasajes llenos de agua

Ballena Submarina

Profundidades del lago

Oh, no, esto es un desastre. Si la ballena acaba de penetrar debajo de la masa de tierra, ¿cómo voy a poder salir? Aparte del lago helado, no hay otro lugar donde pueda salir a la superficie. Tengo que hablar con el piloto, pronto. ¡Quién sabe, quizá sea el mismo Jakeman!

Continuaré escribiendo cuando haya hablado con él.

Me lo estoy pasando de

La presión aumenta

Bueno, las cosas no han salido exactamente como esperaba, ¡pero no me quejo! Por primera vez desde que me fui de casa, estoy sentado en una cama de verdad que tiene sábanas de verdad. En la mesilla de dormir hay una taza de chocolate caliente y humeante y un plato con galletas, y yo estoy escribiendo el extraño desenlace de sucesos que me han llevado hasta aquí.

Después de salir de la gran cúpula de observación, caminé hacia la parte delantera del submarino. Pasé por la sala de juegos y por debajo de la gran torre que conducía a la escotilla exterior y, finalmente, llegué a una pequeña antecámara en cuya puerta había un cartel que ponía *Habitación de control de presión*. Entré y oí que la puerta se cerraba tras de mí.

¡Uau! ¿Por qué se había cerrado la puerta? Casi en un ataque de pánico, salté hacia la manecilla de la puerta pero no conseguí girarla. Me giré hacia una puerta que había en la pared opuesta y que tenía un cartel que decía con toda claridad:

Capitán de puente W. Jakeman
LLAME Y ESPERE

Solté un suspiro de alivio. Sí era Jakeman y estuve seguro de que no tenía ningún motivo para preocuparme. Llamé a la puerta y esperé.

No había respuesta, así que llamé otra vez, y luego otra. Tampoco había ninguna respuesta, así que intenté abrir con la manecilla y, para mi horror, me encontré con que la puerta estaba cerrada con llave. En ese momento se oyó un zumbido suave en unas tuberías que pasaban cerca del suelo y yo perdí la calma y golpeé la puerta con todas mis fuerzas.

—Señor Jakeman, déjeme entrar, necesito hablar con usted. Señor Jakeman —grité, pero mi voz no se oía a causa del zumbido de las tuberías, que se había hecho más fuerte. Me empezaron a doler los oídos y se me taparon

porque la presión de la habitación empezaba a
subir. Empezaba a preguntarme si esa presión me
iba a aplastar por completo cuando se oyó un fuerte
ruido como de viento y salí disparado hacia arriba a
través de un ventilador del techo y por una larga
tubería.

¡Un montón de burbujas que traen problemas!

Unas burbujas plateadas bullían a mi alrededor.
Aguanté la respiración, esperando notar el frío de
las aguas heladas... pero no sucedió. Me di cuenta
de que no estaba mojado en absoluto y, finalmente,
dejando salir el aire de golpe, descubrí que podía
respirar con facilidad. ¿Cómo era posible? ¡Estaba
debajo del agua y podía respirar!

Alargué una mano y toqué una pared de agua
plateada que se curvaba por encima de mi cabeza, a
los costados de mi cuerpo y por debajo de mis pies.
¡Me encontraba de pie dentro de una burbuja
gigante y subía rápidamente por un mar negro
como boca del lobo! Miré hacia arriba y vi un
diminuto círculo de luz, como una luna llena, que
se agrandaba a medida que yo subía por el mar en
mi burbuja de presión.

Me dirigía directamente hacia ese círculo y cuando éste alcanzó el tamaño de un tiovivo de feria, salí a la superficie y la burbuja estalló. Me encontré flotando en una fuente de piedra que tenía una estatua de un pez que escupía agua y que se parecía muchísimo a la ballena submarina. Nadé hasta el extremo de la fuente, trepé al pequeño muro y me senté en él.

¡Era increíble! Había salido en medio de una plaza de mercado, en un pueblo que parecía salido de un cuento de hadas. Las casas tenían los tejados en punta y se apiñaban las unas contra otras dibujando unos ángulos muy marcados sobre unos callejones oscuros y estrechos.

La plaza del mercado bullía de actividad. La gente se afanaba sacudiendo alfombras en las ventanas, barriendo telarañas fuera de las tiendas o hablando con sus vecinos a las puertas de las casas. Era última hora de la tarde y los mercaderes estaban ocupados preparando los tenderetes para la mañana siguiente, montando largas mesas de caballetes y desdoblando unos toldos de brillantes colores.

Jakeman había vuelto a hacerlo: estaba seguro de que había sido él quien me había enviado al centro del mercado del pueblo que había en el mapa del trampero Blane. Yo estaba completamente empapado, pero seguro que finalmente me encontraba entre amigos.

¡Una advertencia!

Todavía me sentía un poco mareado y caminé sin rumbo por la plaza. Me sentía muy contento de volver a estar entre personas después de mi solitario vuelo sobre el océano Pangaeánico y de mis peligrosos viajes a traves de las tierras heladas.

¡todavía me sentía un poco mareado!

Éste es el aspecto que tenía
la plaza del mercado.

(¡Más o menos!)

—Hola —tartamudeé mientras me paseaba entre la multitud—. Buenas tardes. Soy Charlie Small y estoy intentando volver a casa. ¡Hay alguna estación de...?

Me callé de repente porque en cuanto los mercaderes me vieron, abrieron mucho la boca y empezaron a correr hacia mí con una expresión de miedo y pánico en la cara.

—¿Qué... qué sucede? —grité mientras me empujaban y gesticulaban alocadamente con las manos.

Yo sabía que debía de tener un aspecto terrible vestido con esas sucias y empapadas pieles de animal, ¡pero esa reacción parecía un poco exagerada! Un hombre que tenía una barba negra y rizada dio un paso hacia delante y señaló hacia las Colinas de Pizarra. Sus labios se movían, pero yo no oía ni una palabra porque los oídos todavía me silbaban a causa de la presión de la cámara.

Me di unos golpes en la cabeza y la sacudí, intentando que se me destaparan los oídos, pero no sirvió de nada. Retrocedí hasta una puerta que se encontraba en una esquina de la plaza. No tenía ni idea de qué era lo que pasaba, y ya estaba más que asustado. En un desesperado intento de oír lo que decían, me tapé la nariz, cerré la boca y soplé. ¡Pop! ¡Por fin! Los oídos se me destaparon y, de repente, el sonido de los gritos de la multitud me pareció muy fuerte.

—¿Estás loco? —decía el hombre de la barba con expresión fiera mientras señalaba un cartel que había clavado en una pared—. Él estará aquí mañana. Vete ahora que todavía puedes hacerlo.

—Sí, vete ahora que todavía puedes hacerlo —asintió la multitud—. ¡Antes de mañana por la mañana!

—Se te ha avisado —dijo el hombre agarrándome por el brazo.

—¿Se me ha avisado de qué? —pregunté, pero el hombre volvió a señalar el cartel—. ¡No estés por aquí cuando el espectáculo llegue a la ciudad!

Cuando hubo dicho esto, todos se dieron la vuelta al mismo tiempo y volvieron a sus puestos. Continuaron con sus tareas mientras me dirigían alguna mirada de vez en cuando y murmuraban entre ellos. «¡Bueno! —pensé—. ¡No es exactamente la bienvenida que esperaba!»

Intrigado, observé el cartel.

SÓLO UN DÍA PARA QUE LO DISFRUTEN TODOS

EL REY DE LAS MARIONETAS

VUELVE PARA REPETIR SUS MUNDIALMENTE
FAMOSAS AZAÑAS DE PERFECTO TITIRITERO

AQUÍ EN DÍA DE MERCADO ASISTIRÁN
TODOS LOS HABITANTES DEL PUEBLO
PRECIO

«¡Vaya! —volví a pensar—. ¡Qué follón por nada!» A mí me gustaban mucho los espectáculos de marionetas. ¡Éste tenía que ser realmente malo si la gente se exaltaba tanto! El cartel parecía un poco autoritario, exigiendo a todos los habitantes del pueblo que asistieran a la función; pero si el titiritero era tan malo como sus críticos aseguraban, quizá ésa era la única manera de que la gente fuera a verlo... ¡hacerles sentir que no tenían ninguna otra alternativa! De cualquier manera, me pareció que podía ser divertido.

El cartel tenía una mancha en el lugar donde ponía el precio, y mientras me inclinaba hacia delante para echar un vistazo de cerca, una mano pequeña y huesuda me agarró por el hombro y me empujó hasta la puerta que tenía detrás. La puerta se cerró con un golpe y me encontré en la más absoluta oscuridad.

Veo la luz

Fuera quien fuera, desapareció en la oscuridad. Entonces oí el sonido de una cerilla, vi un destello de luz y me encontré ante los ojos pálidos y acuosos de, probablemente, ¡la mujer más vieja del mundo! Era una viejecita muy bajita, delgada como la pata de una gallina y tenía la espalda curvada como el mango de un bastón. Movía las manos en el aire como si fueran pájaros asustados, pero tenía los labios arrugados completamente cerrados y sacaba la puntiaguda barbilla hacia delante con seguridad.

Estábamos en una ferretería, rodeados por tuberías de plomo, tubos de cobre, válvulas, ruedas dentadas y juntas. Las paredes estaban forradas de madera oscura y cajones de tiradores de latón. En el techo, por todas partes, colgaban lámparas y el suelo estaba lleno de cubos repletos de herramientas de todo tipo. ¡Era la cueva de Aladino para los aficionados al bricolaje!

La anciana llevaba un sombrero con forma de campana que le cubría la frente, y un abrigo de astracán negro abrochado hasta el cuello que, de alguna manera, la hacía parecer un gnomo salido de algún cuento de hadas antiguo. Se llevó el dedo índice a los labios y me hizo una señal para que la siguiera. Recorrimos un pasillo que iba desde el fondo de la tienda hasta la cocina, donde había un banco al lado del horno.

—Puedes quedarte aquí esta noche, querido, pero debes irte antes de que amanezca —dijo la anciana con una voz sorprendentemente clara y musical—. No estás a salvo. Desde luego que no, en absoluto.

—Todos me dicen lo mismo —dije yo—. ¿Qué sucede?

—Va a venir el rey de las marionetas—dijo,
agitando las manos.

—Todos, en el pueblo, me dicen lo mismo, también —repuse—. ¡No tengo miedo de un bobo titiritero!

Entonces la anciana me sujetó por los hombros y acercó su rostro al mío.

—Éste es diferente —susurró—. ¡Oh, sí, desde luego, éste es muy diferente! Viene a representar su función una vez, a veces dos, al año. Nunca lo sabemos hasta que sus carteles aparecen de repente, un día cualquiera, pero cada vez que trae su espectáculo, exige un niño como pago.

¡Un niño! Así que eso es lo que decía el cartel, y entonces me di cuenta: no había visto ni a un solo niño por la calle en el mercado. ¡No había ningún niño por ninguna parte! Eso no me gustaba en absoluto. Quizá me tendría que ir del pueblo antes de que llegara el rey de las marionetas.

—¿Hay alguna estación de tren en el pueblo? —pregunté.

—No, querido —dijo la vieja señora—. Me temo que no existe nada parecido.

—Maldita sea —suspiré—. No importa, tendré que continuar a pie. No se preocupe. Me iré antes de que llegue el espectáculo de marionetas.

Por primera vez, la anciana sonrió y su sonrisa iluminó toda la habitación e hizo desaparecer la sensación de peligro.

—Bien, vamos a secarte y a cenar un poco
—dijo.

Un terrible cuento para dormir

La anciana me preparó la cena mientras yo secaba
mis ropas ante la cocina. Mientras cocinaba, me
hablaba. Me lo contó todo acerca del titiritero y me
dijo que la primera vez que vino al pueblo, los
habitantes del mismo le habían dado la bienvenida.

No era frecuente que ese soñoliento y pequeño
pueblo escondido entre las colinas recibiera ningún
tipo de espectáculo, así que la gente disfrutó de sus
funciones y le pagaron generosamente. Desde
luego, era un titiritero con mucho talento y parecía
que podía conseguir que las marionetas hicieran
cualquier cosa. Pero esa misma noche después de la
primera función, cuando el rey de las marionetas ya
había recogido sus cosas y se había marchado,
alguien se dio cuenta de que uno de los niños del
pueblo había desaparecido.

Se organizó un grupo de búsqueda que se
adentró en las colinas llamando al niño una y otra
vez hasta que se quedaron roncos de tanto gritar.
Ese día había nevado mucho, y el grupo descubrió
que en uno de los caminos había habido una

avalancha: rocas y árboles habían caído en un barranco inaccesible. Todo el mundo sabía que el niño tenía un espíritu aventurero y que le encantaba ir a explorar las colinas. Al final todo el mundo pensó que habría salido caminando, quizá siguiendo la caravana del rey de las marionetas, y que había sido arrastrado por la avalancha hasta el fondo del barranco.

La anciana terminó en la cocina y me sirvió la mejor cena que había tenido desde que me había marchado de casa: unas gruesas lonjas de bacón, un huevo frito grande y sabroso, judías con tomate y un montón de patatas fritas. Ataqué la comida, pero comí en silencio mientras ella continuaba su historia.

¡El bacón con huevos es fantástico!

El pueblo sabe la verdad

—El pueblo lloró la pérdida del niño y pensó que había sido un trágico accidente, pero poco a poco, con el tiempo, la vida empezó a volver a la normalidad. No fue hasta al cabo de un año, cuando el rey de las marionetas volvió a aparecer con su caravana de brillante colorido, que todo el mundo se dio cuenta de qué había sucedido en realidad.

Durante la función de esa noche las marionetas giraron, se constorsionaron y bailaron siguiendo la música de un viejo órgano de vapor que había en la parte trasera del furgón del titiritero. Estábamos completamente hipnotizados por la magia del espectáculo y nos reíamos y nos divertíamos por primera vez desde la desaparición del niño. Pero cuando el rey de las marionetas llevó una mano detrás de él y sacó otra marioneta al escenario, el público se quedó sin respiración. Porque para todos fue evidente que, a pesar de la expresión rígida y de los miembros sin vida, esa marioneta era el niño que había desaparecido. De alguna manera, fuera por magia o por ciencia, o sólo por pura maldad, el rey de las marionetas había convertido a ese niño en una marioneta muda, desvalida y con la mirada perdida.

El rey de las marionetas habla

Entonces la anciana se sacó un mugriento pañuelo del bolsillo, se levantó las gafas y se secó los ojos llenos de lágrimas. Luego, inspirando con fuerza, continuó:

—El público gritó de enojo haciendo que la función se interrumpiera y todos exigimos que nos devolviera al niño desaparecido. El rey de las marionetas se limitó a cruzar los brazos y a mirarnos con el ceño muy fruncido hasta que, gradualmente, el alboroto se convirtió en un terrible silencio. ¡Sí, desde luego, un silencio terrible! Finalmente habló, con un tono tan agradable y dulzón que nos quedamos todos hipnotizados:«Oh, vaya —dijo—. ¡Qué terriblemente ingratos son ustedes! A pesar de que los he divertido con habilidades que nunca habrían ni imaginado que existían, me acusan de haber raptado a un niño inútil. Bueno, no lo rapté. Él corrió detrás de mí y me suplicó que le permitiera unirse a mi único y gran espectáculo itinerante. ¿Cómo podía decirle que no? ¿Ahora me piden ustedes que le rompa el pequeño corazón de madera y que lo eche? No, el niño se quedará conmigo, y el precio del espectáculo de esta noche es otro niño. Y la próxima vez que venga, me van a entregar otro niño. ¿Cómo podría conseguir mis marionetas mágicas si no fuera por las generosas donaciones de personas tan amables como ustedes? ¿Cómo, si no, podría continuar divirtiendo a mi público por todas estas tierras?»

Después de que hubo dicho esto, el rey de las marionetas saltó a su caravana, tomó las riendas y el caballo empezó a alejarse de la plaza. «Hasta la próxima», se despidió y soltó una carcajada maligna.

"¡Ja, ja, ja!"
Carcajada maligna

La nieta de la anciana

—Todavía estábamos como en trance allí sentados, pero poco a poco recuperamos la conciencia. Juramos que el rey de las marionetas nunca se llevaría a ningún otro niño del pueblo, y esa noche cerramos todas las puertas y ventanas, y los hombres patrullaron por la plaza. Nadie vio nada, pero cuando amaneció, a la mañana siguiente, otro niño había desaparecido como por arte de magia. Desde entonces han desaparecido muchos otros niños, y si nos intentáramos rebelar contra él, no veríamos a nuestros niños nunca más. El año pasado se llevó a mi preciosa nieta. Ella es lo único que tengo en el mundo, pero ahora la única

oportunidad que tengo de verla es cuando viene el
rey de las marionetas.

La pobre anciana rompió en sollozos y yo le puse
el brazo sobre los delgados hombros.

—Es una historia terrible —dije—. No sé qué
decir. ¿Puedo hacer algo para ayudar?

—Mantén tu promesa y vete del pueblo antes de
que amanezca —me dijo, llorando—. ¡Vete antes de
que llegue el rey de las marionetas!

Dulces sueños

La anciana, que insistió en que la llamara abuelita
Green, me acompañó a la habitación de invitados
y me dejó un tazón de chocolate caliente y un
plato con galletas en la mesilla de noche. Mientras
me metía en la cama, la primera cama de
verdad que había tenido desde que me marché
de casa, la abuelita Green me dio las buenas
noches.

Del bolsillo del delantal sacó un caramelo duro
de café y me dijo sonriendo:

—No creo que hayas comido muchos dulces
últimamente. Éstos eran los favoritos de mi nieta.

Lo puso debajo de mi almohada y yo le di las
gracias. Entonces, aunque estaba agotado, saqué
el diario de la mochila porque quería escribir mis

aventuras mientras todavía las tenía frescas en la memoria.

¡El rompe caramelos!

Han sido unos días repletos de acción, eso seguro. Por no hablar de la temible historia que la anciana me acababa de contar. ¿Es verdad? Ese rey de las marionetas parece alguien sacado de un cuento de terror. Pero sea real o no, no voy a arriesgarme a encontrarme con él. Dormiré unas cuantas horas y luego me iré de este pueblo triste y preocupado. Todavía me queda un buen viaje y estoy impaciente por partir otra vez.

Buenas noches. Volveré a escribir en cuanto pueda.

Socorro

¡No!

¿Qué sucede? ¿Dónde estoy?

NOTA DEL EDITOR

En este punto había una interrupción en el diario de
Charlie. Dejó unas cuantas páginas en blanco y todas
estaban muy manchadas, arrugadas y sucias. Por los
comentarios escritos en estas páginas está claro que
Charlie estaba asustado. ¡Muy asustado! Cuando leáis la
siguiente parte del diario, comprenderéis por qué...

Me he perdido

¡¡Oh, no!!

¿Quién eres?

No me puedo mover

Mucho después

Ha pasado bastante tiempo desde la última vez que pude escribir en mi diario y preferiría no revivir mi última aventura. Probablemente ha sido la parte más temible y negra de mis viajes hasta el momento, pero se supone que este diario debe ser un registro de todas mis aventuras, así que apretaré los dientes y continuaré...

Cuando hube terminado de escribir mis últimas aventuras, me tumbé sobre la cómoda almohada de la habitación de invitados de la abuelita Green. Me subí el cubrecama hasta la barbilla y bostecé. Estaba tan cansado que mi mente empezó a vagar con pensamientos sobre mi casa. Me imaginé que mamá y papá estaban ocupados en el piso de abajo, y me imaginé que estaba en mi propia cama y en mi propia habitación.

De repente me sentí muy, muy lejos de casa y, aunque sabía cómo sería la conversación, quería volver a oír la voz de mi madre. Combatí el sueño y busqué en mi mochila el móvil y el cargador. Di cuerda al cargador, marqué el número de casa, me llevé el teléfono al oído e, inmediatamente, me quedé dormido.

¡Camino sonámbulo hacia el desastre!

Un torbellino de sueños sobre mi casa se mezcló con imágenes de gorilas y de piratas y de mi viejo enemigo Joseph Craik. Entonces oí que mi madre me llamaba:

—¡Char-lie! Levántate, Charlie.

—Sólo unos minutos más mamá —balbuceé—. ¡No podía ser la hora de ir a la escuela ya! Estaba tan cansado que me parecía que podría dormir durante una semana, pero mamá continuó llamándome.

—Venga, Charlie, es hora de levantarse. ¡Charlie!

Abrí lo ojos esperando ver a mi madre de pie con los brazos cruzados a los pies de la cama, pero en lugar de eso vi una extraña habitación inundada por la luz de la luna.

«¿Dónde estoy?», me pregunté. Me senté y el móvil cayó sobre la almohada. Miré a mi alrededor por la desconocida habitación. Entonces lo recordé: estaba en la habitación de invitados de la tienda de la anciana. Metí la mano debajo de la almohada y encontré el caramelo duro que me había dado.

Debía de haber soñado que mi madre me estaba llamando. ¡Pero, de repente, volví a oír su voz familiar!:

—¡*Charlie! Venga, Charlie, levántate.*

Miré a mi alrededor, aterrorizado, pero no había nadie. ¿De dónde venía la voz?

¡Mi móvil: la voz procedía de mi móvil! Rebusqué por la cama, lo cogí y me lo acerqué al oído.

—¿Mamá? —pregunté, frenético—. ¿Eres tú?

—Venga, Charlie, es hora de levantarse —dijo su voz.

Me vestí con mis viejas ropas, me metí el caramelo en el bolsillo y, sin hacer ruido, fui hasta la puerta de la habitación.

Respondiendo la llamada

La voz de mamá ya no parecía proceder del teléfono, sino de alguna otra parte.

Levanté el pestillo de la puerta y bajé despacio. Abrí la puerta de la calle con cuidado de no hacer sonar la campanilla de la tienda y salí a la plaza del mercado, que estaba vacía.

En un estado como de sueño y siguiendo ese sonido, crucé la plaza y recorrí un callejón oscuro, frío y húmedo. Caminé por entre hileras de casas dormidas y salí del pueblo. Subí colinas y atravesé valles siguiendo la voz de mamá, que no dejaba de llamarme. Entonces, cuando cruzaba la cima de otra colina, a su voz se unió una música muy suave.

En el bosque petrificado

Parecía el sonido de una zampoña y, mientras continuaba caminando, la música se fue haciendo cada vez más audible hasta que se convirtió en una orquesta de flautas que llenaba el aire. Recorrí una curva del camino y me encontré, abajo, con un bosque de una extraña y decadente belleza. Más tarde supe que era el Bosque Petrificado.

El trampero Blane había marcado en su mapa un bosque de árboles muertos y fosilizados.

Mientras caminaba por el bosque, me di cuenta de que la música procedía de los árboles. Tenían el tronco vacío y cuando el viento corría por sus agujeros, hacían de enormes tubos de órgano y cada árbol emitía una nota distinta.

En ese momento el aire cambió de dirección y se llenó de un coro de notas que parecían gritos de ballenas. Mezclada entre esas hermosas notas oí una voz... la voz de mi madre. Aunque ya no se parecía tanto a la voz de mi madre. Pasé entre dos enormes y retorcidos troncos de árbol y salí a un claro, y allí vi una figura oscura que se perfilaba contra la luz de una hoguera. Esa figura, que llevaba un abrigo, estaba sentada ante las brasas del fuego y me daba la espalda. ¿Era de verdad mi madre? Me acerqué sin hacer ruido.

—¿Mamá? —susurré.

—Charlie —dijo la figura, dándose la vuelta—. Te he estado esperando.

Los
árboles huecos

eran como
unos enormes
tubos de órgano.

El rey de las marionetas

Di un paso hacia atrás. ¡Oh, ojalá me hubiera quedado en la cama de la tienda! Ojalá me hubiera quedado en casa. Ojalá me encontrara a un millón de kilómetros de ese claro de bosque horrible porque, en cuanto el cielo se puso blanco y amaneció el nuevo día, vi el rostro de un hombre. Vi una piel gris y una nariz larga y ganchuda, unos labios gruesos y secos y unos ojos negros y vacíos. Detrás de él, en la caravana, había un cartel:

INCREÍBLE, MARAVILLOSO
Y SÓLAMENTE PARA DIVERTIRLES

¡EL REY DE LAS
MARIONETAS!

¡Un maestro de la manipulación de marionetas!

¡No! Me di la vuelta para correr, pero parecía que tenía los pies clavados en el suelo.

—No te vayas, Charlie —dijo el rey de las marionetas, sonriendo—. Tengo una cosa para ti.

Metió un tazón dentro de la olla que estaba sobre las ascuas del fuego y lo llenó con un líquido que humeó al aire frío de la mañana.

El olor era embriagador y flotó por el aire, rodeándome con su niebla azulada, me envolvió la cabeza y me llenó la nariz. Sabía que no debía hacerlo, pero no lo pude evitar. Cogí el tazón que me ofrecía y bebí el líquido denso y caliente.

El dulce sabor me llenó todo el cuerpo y sentí un hormigueo en los dedos y un temblor en el pecho. El hormigueo de los dedos aumentó hasta que los sentí hinchados y sin tacto. Me miré las manos y me quedé sin aliento a causa del miedo.

Alrededor de los dedos de las manos se me habían formado unos pequeños cristales que se multiplicaban y formaban otra piel sobre la mía.

La sensación de hormigueo me subió por los brazos y por el pecho, y la nueva piel formó una costra por todo mi cuerpo. Mientras el líquido caliente se me enfriaba en la barriga y el hormigueo cesaba, noté que mi nueva piel se endurecía. Entonces se me empezó a formar una nueva piel en

El olor era embriagador

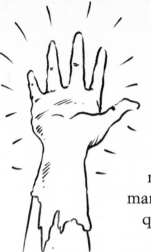

¡La nueva piel era como una costra!

la cara. Intenté gritar, pero tenía la mandíbula inmóvil como una piedra. ¡No me lo podía creer! A pesar de todas las advertencias de la anciana, me estaba convirtiendo en otra de las marionetas del rey de las marionetas. No sé exactamente qué pasó ni cómo funcionó. Ni siquiera ahora tengo ni idea de qué material era la nueva piel que se formó sobre mi cuerpo. Quizá era una especie de plástico, o quizá era una cerámica muy fuerte. Fuera lo que fuera, me sentía como si me hubieran untado con cemento, o como si me hubieran colocado una ajustada y dura cáscara que tuviera la misma forma de mi cuerpo... ¡y ya no me podía mover!

Cáscara → ← Piel

Sobre mi piel se formó una cáscara

Me había convertido en una marioneta

¡Capturado vivo!

El rey de las marionetas observaba con el rostro
impasible mientras yo me solidificaba y me
convertía en una de sus marionetas. Luego se puso
en pie y me di cuenta de lo alto que era: por lo
menos medía tres metros de altura y era delgado
como una vara. Parecía un acróbata de circo con
zancos, o un insecto gigante y torpe de piernas
larguísimas como las de una araña que movía los
brazos en el aire para mantener el equilibrio. Se
inclinó sobre mí, y cada vez que se movía las
articulaciones le chasqueaban como si fueran hojas
secas.

Me agarró por el pescuezo y me llevó dentro
de la caravana. En cuanto estuve dentro, abrí
mucho los ojos de asombro porque allí había
cientos de marionetas colgadas de unos ganchos
del techo en largas hileras. Igual que yo, ninguna de
ellas podía pronunciar ni una palabra y la
habitación estaba en un silencio de muerte. El rey
de las marionetas avanzó por la caravana y su
peso hizo que las marionetas se balancearan
ligeramente colgadas de los hilos. Cientos de ojos
me siguieron mientras el rey de las marionetas me
llevaba hasta un pequeño banco que había en una
esquina. Allí, mientras él escogía unos hilos y unos

trozos de madera, yo pude observar bien su rostro por primera vez. No olvidaré ese rostro mientras viva.

El blanco de sus ojos era de un color amarillo sucio, los iris eran negros como el carbón y encima de ellos había unas cejas densas y peludas. La ganchuda nariz del rey de las marionetas, afilada como una piedra de granito, se curvaba hacia delante, en dirección a una barba puntiaguda que le sobresalía de la barbilla. Pero lo más inquietante de él era que no se lo oía respirar, ni siquiera cuando se acercó a mi rostro y me miró a los ojos. Se pasó una lengua seca y de color púrpura por los labios, concentrado, mientras ataba uno de los extremos de los hilos en mis manos y pies y el otro extremo, en una cruz que había fabricado con unos trozos de madera que había en la mesa.

—Bienvenido a nuestra pequeña y feliz familia, Charlie —dijo con su voz suave y melosa—. Ahora te podré hacer bailar al son de todas las canciones que toco... y la canción que más me gusta tocar es rápida y alegre: rápida y alegre con el dinero de los demás. ¡Je, je!

Yo no tenía ni idea de qué hablaba ese hombre alto y delgado como una araña, y le miré con enojo desde dentro de mi piel de cáscara.

—Oh, vaya, eres un pequeño rebelde, ¿eh?

—dijo sonriendo mientras me agitaba bruscamente y hacía que mis piernas entrechocaran—. No te preocupes Charlie, pronto sabrás qué quiero decir... y será mejor que seas una buena marioneta. Si no, acabarás en la cuneta como un juguete abandonado.

Riendo, me colgó de un gancho del techo. Allí me quedé colgado, atrapado, mientras el rey de las marionetas vaciaba mi mochila sobre el banco y rebuscaba entre mis cosas de explorador.

—¡Vaya un montón de basura! —exclamó al no encontrar nada que le interesara. Volvió a meterlo todo dentro de la mochila y la tiró sobre un estante muy alto.

Entonces el rey de las marionetas se sentó en el asiento del conductor, sacudió las riendas del caballo y avanzamos dando tumbos por el claro y por un sendero que volvía al Bosque Petrificado y que corría en dirección al pueblo.

Yo hice fuerza con los músculos, toda la fuerza que pude contra la dura cáscara que se había formado a mi alrededor, pero no sirvió de nada. ¡No podía mover ni un dedo! Miré a las otras marionetas que colgaban de los hilos y ellas me devolvieron una mirada aterrorizada.

¿Cómo iba a salir de ésa?

Mi estreno como bailarín

En cuanto la caravana llegó al mismo mercado del que yo me había marchado hacía solamente unas horas, oí el barullo nervioso de las voces de la multitud que ya se había reunido allí. El rey de las marionetas abrió las puertas de atrás de su caravana y, como si fuera un libro de figuras gigantes, apareció un escenario con cortinas y carteles en su sitio. Entonces el titiritero apretó un botón y un bonito órgano de vapor en miniatura empezó a sonar, llenando el aire con una música ligera.

—Señoras y señores —anunció el rey de las marionetas—. Se asombrarán y se divertirán ante la función que están a punto de ver, que eleva el arte de las marionetas al nivel más alto y que utiliza técnicas que he aprendido durante mis viajes por las misteriosas tierras del este y las marionetas que he adquirido por todos los rincones del mundo conocido.

—¡Querrá decir niños y no marionetas! —gritó una persona valiente que estaba al final de la multitud, pero el rey de las marionetas no hizo caso de la interrupción.

—Van a ver bailar a mis marionetas —gritó dramáticamente—. Las oirán cantar. ¡Las verán realizar las proezas mágicas más sorprendentes que se puedan imaginar!

Entonces hubo una explosión de humo de color púrpura, sonó el redoble de un tambor y el rey de las marionetas sacó un montón de marionetas al

escenario haciéndolas bailar y saltar. Éstas giraban y se contorsionaban, hacían piruetas y cabriolas. Eran unas marionetas del tamaño de niños, y ligeras como plumas. A cada rato aparecían unas nubes de humo, se oía un estallido y las marionetas desaparecían y eran reemplazadas instantáneamente por otras. La función era tan buena y el espectáculo tan magnífico que incluso la gente del pueblo sin niños aplaudían sin darse cuenta.

Entonces llegó mi turno y me descolgó del gancho para sacarme al escenario. Mis brazos y mis piernas se movieron, hicieron posturas y se agitaron mientras el rey de las marionetas giraba, tiraba y movía los hilos que tenía atados en ellos. Todo a mi alrededor giraba y se movía. Nunca me había movido tan deprisa, ¡ni siquiera cuando me escapaba de los mandriles cerca de la ciudad de los gorilas! Pronto, la cabeza empezó a darme vueltas y me mareé.

Entonces, con la misma rapidez, me encontré colgando de mi gancho otra vez. Solté un suspiro de alivio: es una sensación terrible moverse tan rápido que el mundo de alrededor se convierte en una mancha borrosa y no ser capaz de mover ni un músculo uno mismo. «Por suerte, ya todo ha terminado», pensé, suspirando. ¡Pero en cuanto lo hube pensado, volví a encontrarme girando en el aire

¡Me sacó al escenario!

103

y aterrizando en el escenario después de haber dado un salto gigantesco!

A medida que la función progresaba, el rey de las marionetas cambiaba y sustituía las marionetas bailarinas con ágiles movimientos. El espectáculo avanzaba hacia un fantástico final en el que actuaban un montón de marionetas al mismo tiempo. Estábamos todos en el escenario, girando a toda velocidad, cada uno realizando un número individual mientras girábamos los unos alrededor de los otros.

Debía de ser un espectáculo terrible, y sé que es extraño, pero cuando estábamos saludando al público al final, me sentí muy satisfecho conmigo mismo. Como un tonto, pensé que no había estado mal por ser mi primera actuación sin recordar, a causa de la excitación, que yo no había tenido nada que ver con ella y que sólo era un prisionero.

Mientras saludaba, observé las caras del público esperando ver expresiones de alegría y admiración pero, por supuesto, no fue así. Toda la gente aplaudía, tal y como les habían ordenado, pero todos miraban ansiosos para ver un momento a sus niños perdidos. Recuerdo que, de vez en cuando, alguien soltaba una exclamación, o gritaba un nombre cuando reconocía a alguno de los niños.

Entonces vi a la abuelita Green, que estaba sentada entre el público y tenía una expresión horrorizada en el rostro. Inmediatamente recordé cuál era mi desesperada situación. Cuando la anciana me vio, los ojos se le llenaron de lágrimas y se levantó de la silla.

—¡Basta! —le gritó al rey de las marionetas—. ¿Es que no se ha llevado a suficientes niños?

—Cállese, abuela —repuso él en un siseo—. O no van a volver nunca más.

La anciana se dejó caer sobre la silla. Sabía que él tenía razón: si el rey de las marionetas desaparecía para siempre, nunca más volverían a ver a los niños.

Un espectáculo silencioso

Después del espectáculo, cuando todas las marionetas estaban otra vez dentro de la caravana y colgadas del techo, la gente del pueblo hizo cola fuera. Si pagaban el precio adecuado, fuera dinero, secretos o promesas, se les permitía entrar en la caravana y caminar por entre la extraña y silenciosa multitud de niños colgados del techo.

La buena anciana caminó entre las marionetas y levantó la mano para tocarme el brazo. Yo noté el calor de su mano a través de mi dura piel de cáscara. Luego oí que sollozaba al reconocer a su nieta, que antes era una niña muy guapa y que ahora era una marioneta maltrecha. La anciana quiso abrazarla, pero la multitud la empujó y los ojos de la marioneta se llenaron de lágrimas.

Entonces, de repente, las puertas se cerraron de golpe y el rey de las marionetas ahuyentó a la multitud. Luego se oyó el chasquido de las riendas y la caravana se marchó de la plaza del mercado, salió del pueblo y se perdió en el campo de los alrededores. «No te saldrás con la tuya, rey de las marionetas —pensé—. Me aseguraré de que no lo hagas, despreciable y viejo déspota.»

¡La nieta de la abuelita Green!

De viaje con el rey de las marionetas

Durante los meses siguientes viajamos de un extremo a otro del valle, ofreciendo innumerables funciones en cientos de pueblos. Bailé en plazas de pueblo, en bulliciosos mercados, en posadas y en castillos. A todas partes a donde íbamos, una nueva marioneta se añadía a la colección y, a veces, el titiritero abandonaba a alguna marioneta vieja en la cuneta.

El rey de las marionetas impresionaba a su público con espectáculos en los que combinaba música, luz y movimiento. Los hipnotizaba con melifluas palabras y con juegos de manos, y mezclaba el espectáculo de marionetas con brillantes números de magia. Con un leve gesto de muñeca y con un golpe de sus platillos accionados con vapor, hacía aparecer una brillante joya de la boca de una marioneta. Luego unas nubes de humo de colores aparecían por detrás de las cortinas del escenario y, con un chasquido de sus largos dedos, hacía que unos destellos de luz atravesaran la niebla. La figura alta y delgada del rey de las marionetas desaparecía en el humo y era como si éstas bailaran solas.

Era un espectáculo increíble y la gente de todos

los pueblos rugían de contento después de cada función. Pero esa alegría pronto se convertía en angustia cuando se daban cuenta del precio que tenían que pagar: ¡un niño!

«Te atraparé, rey de las marionetas —me decía yo cada vez que él se llevaba a otro niño—. Ya verás.»

Conversaciones silenciosas

Poco tiempo después de convertirme en marioneta, me di cuenta de que los demás niños-marioneta estaban igual de vivos que yo dentro de sus cáscaras. Aunque ninguno de nosotros podíamos mover los labios para hablar ni mover los brazos para hacer señales, sí podíamos comunicarnos con los ojos. Con el tiempo, y empleando todo tipo de miradas y parpadeos como si fuera una especie de código Morse, pudimos hablar entre nosotros de uno a otro extremo de la caravana.

Unas cuantas palabras en el lenguaje de las marionetas

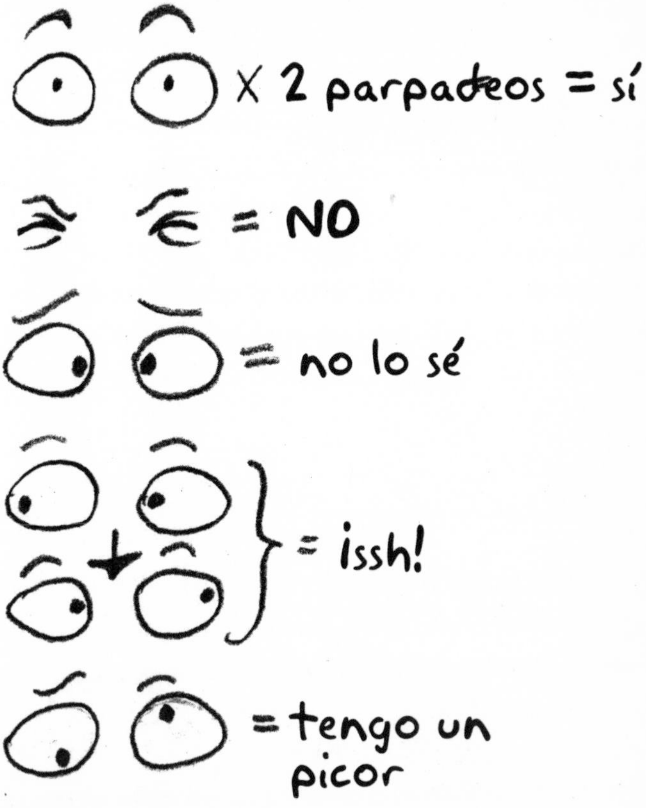

X 2 parpadeos = sí

= NO

= no lo sé

= ¡ssh!

= tengo un picor

Me enteré de que algunos de esos niños hacía mucho tiempo que eran marionetas. Supe que la nieta de la abuelita Green se llamaba Jenny y que tenía la misma edad que yo (bueno, ella tenía ocho años, ¡no cuatrocientos!) y todavía me enteré de más cosas cada vez que el rey de las marionetas hacía sus inspecciones habituales. Mientras revisaba las marionetas una a una por si tenían algún desperfecto, siempre hablaba solo y decía cosas extrañas.

—Pronto, amiguitas —decía—, muy pronto, cuando la noche sea oscura y nublada, algunas de vosotras seréis elegidas para salir a realizar otra de mis misiones secretas. Será divertido, ¿verdad? ¿Serás tú, mi pequeña cabeza de madera, serás tú la afortunada? Quizá sí... ¡quizá no! Pero algunas de vosotras realizaréis una gran hazaña para vuestro amo.

Lo siento. ¡He aplastado una mosca en mi libreta! Puaj.

¿Salir? ¿Salir a dónde? ¿Qué tramaba el rey de las marionetas?

¿Qué puedo hacer?

Tenía que escaparme, ¿pero, cómo? No me podía mover a no ser que el rey de las marionetas moviera y tirara de los hilos que tenía atados a las manos y a los pies. Así que no tenía otra opción más que quedarme donde estaba, mirar y esperar. No tengo ni idea de cuánto tiempo pasó hasta que tuve una oportunidad de escapar. (Al final me escapé, por supuesto, porque, si no, no habría podido terminar este diario.) Pero estuve muchos meses preso y, si soy sincero, hubiera preferido estar encerrado en la mazmorra más profunda, oscura y húmeda del mundo que permanecer atrapado dentro de mi piel de marioneta.

Pronto lo averigüé todo acerca de las *misiones especiales* del rey de las marionetas. A veces mandaba a algunas de las marionetas fuera, de noche, con unos sacos de lona. Cuando volvían, los sacos tintineaban con un ruido metálico y el titiritero vaciaba el contenido en un gran cofre de madera que luego cerraba con un fuerte candado.

Si las marionetas no regresaban, el rey de las marionetas chasqueaba la lengua, soltaba una maldición y ponía en marcha el caballo sin mirar atrás. Yo bullía de rabia. ¿Cuántos niños más habían desaparecido de esa forma? Miré a Jenny y me di cuenta de que ella estaba igual de enojada que yo.

En ese momento me prometí a mí mismo que, pasara lo que pasara, no iba a ser una marioneta aprisionada para siempre y que, si era posible, tampoco lo serían las que ahora colgaban a mi lado dentro de la caravana.

Mientras tanto, no tenía otra opción que esperar con paciencia a tener la oportunidad de escapar. Sabía que ésta aparecería, pero nunca me hubiera imaginado quién sería el responsable de ayudarme a recuperar la libertad...

Salgo en una misión especial

Viajamos hasta más allá de los valles, de las colinas, hasta muy lejos. Estoy seguro de que me habría vuelto un chiflado si hubiera continuado colgado y balanceándome de esa manera, chocando con las otras marionetas y mareándome en las curvas durante más tiempo.

¡Después de muchos días, el rey de las marionetas detuvo la caravana en un bosquecillo y, por suerte, dejamos de balancearnos!

Esperó a que la luz del día se fuera por completo y a que llegara la noche. Entonces se paseó arriba y abajo por entre las hileras de marionetas y eligió a seis, incluidos Jenny y yo. Nos dejó encima del banco de herramientas y nos cortó los hilos de las manos y de los pies.

—Te dije que tendrías la oportunidad de salir en una misión especial, Charlie, y ya ha llegado la hora —dijo el titiritero con su melosa voz—. Ya sabes que, como rey de las marionetas, puedo hacer que hagas cualquier cosa. Te puedo hacer correr y correr hasta que las articulaciones te fallen y te rompas en mil pedazos. Te puedo hacer trepar a la cima más alta y hacer que te tires al vacío pensando que puedes volar. ¡O puedo hacer que tú y tus amigos realicéis una pequeña expedición, que salgáis de compras para traerle a vuestro amo una cosa que de verdad le guste! ¡Ja, ja! —Y se puso a bailar de alegría con gesto desgarbado.

Entonces el rey de las marionetas nos puso en fila sobre el banco y nos miró uno a uno a los ojos. En la caravana todo estaba en silencio. Lo único que oía era el suave tic-tac del reloj de pared. Cuanto más escuchaba y cuanto más me miraba a los ojos, más fuerte sonaba el tic-tac. Pronto el ruido me llenó la cabeza y expulsó todos mis pensamientos.

Tic-tac, tic-tac, tic

Noté que me pesaban los párpados y la cabeza se me cayó hacia delante.

Mensaje recibido

Los seis estábamos sentados en el banco, sumidos en un sueño sin sueños. El tic-tac del reloj resonaba en mi cabeza vacía junto con las palabras del rey de las marionetas, suaves pero insistentes, que reemplazaron mis pensamientos hasta que fueron lo único en que podía pensar.

«Irás a la casa. Buscarás el oro. Pase lo pase, se lo

traerás a tu amo. Ve a la casa, busca el oro. Pase lo que pase tráelo a tu... Ve a la casa...

...Venga, Charlie, es hora de levantarse... ¡Charlie!»

Los ojos se me abrieron y di un respingo. El rey de las marionetas estaba ante mí.

—Ha llegado la hora de irse, Charlie. Ya sabes qué tienes que hacer —me dijo con una sonrisa burlona.

Yo sabía lo que *quería* hacer. Quería coger mi mochila, correr hasta la puerta y escapar... ¡pero no podía! Todavía no podía moverme por mí mismo. El rey de las marionetas dio una palmada con las manos y, de repente, todos nos pusimos de pie encima del banco, como si fuéramos un pequeño ejército de robots. ¡A pesar de que no teníamos los hilos, todavía estábamos bajo su control!

—Ha llegado el momento. Todos habéis recibido las órdenes, y no tenéis otra alternativa que llevarlas a cabo. ¡Estáis completamente bajo mi poder, no lo olvidéis!

Yo intenté moverme otra vez, saltar del banco y escapar, pero el rey de las marionetas volvió a dar una palmada y me puse en la fila con las demás. ¡Socorro!

Charlie en la ventana

—¡Adelante, pequeñas marionetas, adelante!
—ordenó el titiritero, y todos nos pusimos en
marcha.

Las órdenes que nos había dado nos llenaban la
cabeza y saltamos del banco de trabajo, cogimos un
saco cada uno de un montón que había al lado de la
puerta y bajamos las escaleras hasta el pequeño
claro en que la caravana se había detenido.

Atravesamos el claro y cruzamos rápidamente el
camino bañado por la luz de la luna antes de
sumergirnos en las profundas sombras ante el seto,
que estaba al otro lado. Apartamos unas ramas
llenas de púas y llegamos a un muro de piedra al
que trepamos fácilmente y desde donde saltamos al
otro lado, entre los árboles. Yo no tenía ni idea de
qué estaba haciendo ni a dónde iba. Los brazos y
las piernas se me movían al ritmo del tic-tac del
reloj, que todavía resonaba en mi cabeza,
llevándome contra mi voluntad.

tic-tac, tic-tac, tic-tac...

Los árboles bordeaban un amplio jardín y
llegaban hasta un terraplén de hiedra que había

delante de una gran casa. Nos dirigimos hacia ella corriendo por el jardín y, al llegar, nos agachamos al pie del terraplén para mirar hacia las ventanas de la casa.

Al ver que no había moros en la costa, subimos por el terraplén de hiedra. Como si fuéramos un pequeño ejército de robots, caminamos en silencio hasta un porche grande flanqueado por columnas. Encima de la puerta de entrada había una ventana con forma de abanico, y mis amigos empezaron a subir unos sobre los otros hasta que formaron una escalera de niños (¡o de marionetas!).

Cuanto hubieron terminado, yo empecé a trepar por ese extraño artefacto. Los brazos y las piernas se me movían automáticamente. Al final me encontré de pie encima de los hombros de la

Ventana con forma de abanico

Abrí el cerrojo con un trozo de plástico

Parte de arriba de la puerta →

marioneta que estaba arriba de todo, que era Jenny.
Con un trozo de material flexible que llevaba en el
bolsilo, forcé el cerrojo de la ventana, la abrí y salté
dentro de la casa.

Después de aterrizar en el oscuro recibidor, abrí
los cerrojos de la puerta y dejé entrar al resto del
grupo. Inmediatamente nos dividimos y cada una
de las marionetas se fue, automáticamente, a una
parte distinta de la habitación.

El oro de un bobo

Crucé el vestíbulo, subí las escaleras y recorrí un
pasillo oscuro. Intenté detenerme y darme la vuelta,
pero no lo conseguí. El tic-tac me impulsaba hacia
delante y hacía que mis piernas se movieran por el
oscuro recibidor, y que mis ojos miraran a un lado y
a otro desde detrás de la piel de cáscara de mi
rostro por si había algún peligro. Llegué hasta una
pesada puerta de roble, giré suavemente la
manecilla y la puerta se abrió con un ligerísimo
chirrido.

A la luz de la luna que penetraba por la ventana
vi el perfil de una cama y una figura que estaba
tumbada encima y que dormía. Mis rígidas piernas
de marioneta caminaron por la habitación hasta un
enorme baúl de viaje que había en un oscuro

rincón. Pero cuando lo miré de cerca, casi se me saltaron los ojos de miedo.

¡No me lo podía creer! ¡De todas las habitaciones y de todas las casas que había en el mundo, tenía que haber ido a parar a ésa! En unas elegantes letras grabadas

¡Oh no!

Joseph Craik

en una placa del baúl se leía el nombre, Joseph Craik, extraordinario cazaladrones y mi archienemigo desde mis tiempos de pirata por el océano Pangaeánico.

¿Cómo había podido suceder? ¿Qué estaba haciendo allí ese estafador artero y traidor? Entonces recordé lo que me había dicho cuando me había visto obligado a quitarle el monedero durante nuestra incursión en el puerto de Spangelimar: «Te seguiré hasta los confines de la Tierra, Charlie

Small, y cuando te atrape, me ocuparé de que te ahorquen», me había dicho; ¡y parecía que quería cumplir su promesa! ¿Qué otra cosa podía estar haciendo allí, a tantos kilómetros del mar, roncando en una casa solitaria?

Quise darme la vuelta y salir corriendo a toda prisa sin parar hasta que hubiera salido de las tierras de la casa y hubiera dejado al rey de las marionetas y a Joseph Craik muy lejos; pero mis brazos y mis piernas continuaban moviéndose siguiendo la voluntad del rey de las marionetas. Abrí rápidamente el baúl, y cuando aparté el abrigo de Craik, que estaba dentro, bajo él apareció un alijo de oro. Había brazaletes y cadenas, y una enorme corona de oro. ¡Se suponía que Craik era un honrado cazaladrones, pero evidentemente era uno de los piratas a quienes fingía despreciar!

Rápidamente metí el oro en el saco que llevaba, horrorizado por lo que estaba haciendo, pero incapaz de detenerme. Cuando el saco estuvo lleno, me deslicé hasta el pasillo. Sólo había recorrido la mitad del mismo cuando oí un fuerte ruido que procedía de otra de las habitaciones. Una de las marionetas había tirado algo, y el ruido de ese objeto que caía por las escaleras llenó toda la casa.

Joseph Craik es un estafador y un traidor.
— De verdad.

—¿Qué... qué sucede? —gritó Craik desde la habitación que estaba detrás de mí—. ¡Mi oro! ¡Alguien se ha llevado mi oro!

¡Al cabo de un minuto, había salido al pasillo y me perseguía con sus pistolas rugiendo y escupiendo fuego!

Una coronación

Corrí por el pasillo, pero no fui lo bastante rápido. Dando unas cuantas zancadas, Craik me atrapó y se abalanzó contra mí, tumbándome en el suelo con un golpe como de rugby.

Al caer, noté que la piel de cáscara que recubría mi cuerpo se rompía. De repente, me di cuenta de que podía mover las piernas como quería. Me di la vuelta y golpée la mano de Craik, que me agarraba con la fuerza de un tornillo. Al moverme, las grietas de la piel de cáscara se hicieron más grandes, ¡y cuanto más grandes se hacían, mejor me podía mover!

Craik me agarró por los hombros y me zarandeó.

—No sirve de nada que luches, chico. Te he atrapado y no puedes escapar —gritó.

Pero al romperse mi piel de cáscara, también se había roto mi lazo con el rey de las marionetas.

¡Sentí que mi propia voluntad volvía a correr por mis venas! Metí la mano en el saco y rebusqué hasta que encontré la única cosa que me podía ayudar: ¡la corona!

Craik me obligó a dar la vuelta.

—Vaya, chico, ahora te has metido en un problema —dijo con una sonrisita burlona. Pero entonces vio mi rostro rígido que dibujaba una risa de marioneta y que estaba cubierto con una cosa que tenía grietas, y se quedó boquiabierto—. ¿Charlie, *Corazón negro*? —preguntó sin aliento.

Pareció que se quedaba petrificado a causa de la sorpresa y del susto, y eso me dio una oportunidad. Levanté los brazos con gran esfuerzo y le hundí la corona en la cabeza con todas mis fuerzas.

Le apretaba mucho, pero haciendo un esfuerzo extraordinario, ¡la hice bajar hasta sus ojos, clavándole el extremo en la nariz! Craik levantó una mano para intentar quitarse esa venda de oro de los ojos,

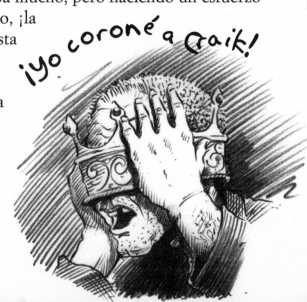

¡yo coroné a Craik!

pero continuaba sujetándome por el pecho con la otra mano para que no me moviera. Con todas mis fuerzas, me precipité hacia delante y, dejándome colgar de su mano, que continuaba sujetándome, caí fuera de mi cáscara de marioneta como una serpiente que muda de piel.

Me puse de pie dejando la cáscara vacía con mi forma de marioneta en el suelo y salí corriendo por el pasillo.

—Te haré ahorcar, Charlie Small —chilló Craik, tirando de la corona que le aprisionaba la cabeza.

Mientras llegaba al rellano, me giré dispuesto a contestarle en tono cortante... y choqué contra Jenny, que también estaba escapándose de otra parte de la casa.

—¡Uuuuff! —exclamó ella, mientras caía dando volteretas por las escaleras.

«Oh, no», pensé. Pasé una pierna por encima de la barandilla y me deslicé hasta el rellano de abajo.

Allí había un caos completo. Por todas partes había hombres de rostro encendido y vestidos con camisones de dormir que perseguían a las marionetas. Una a una, éstas fueron atrapadas y capturadas, y sus sacos llenos de tesoros caían al suelo con un ruido sordo. Todas excepto Jenny, que en ese momento se estaba poniendo en pie en el rellano de debajo de las escaleras. Yo no podía hacer nada para ayudar al resto de las marionetas así que, al ver que tenía oportunidad de escapar, agarré a Jenny de la mano, corrimos hacia la puerta de entrada y salimos disparados por el jardín.

De repente, una de las ventanas se abrió y Joseph Craik gritó:

—¡Detente, ladrón!

Oí el disparo de una pistola y una de las balas rebotó en el oro que yo todavía llevaba al hombro. ¡Pero continué corriendo! Jenny iba a mi lado cuando llegamos a los árboles y, de un salto, pasamos al otro lado del muro y aterrizamos entre los setos.

¡BUF!

Una amiga, por fin

—Oh, vaya, casi no lo conseguimos —dije yo sin respiración, mirando hacia el oscuro jardín.

¿Qué íbamos a hacer ahora? Yo quería escapar,

huir muy lejos de allí, pero no tenía ni idea de dónde me encontraba. Miré a Jenny y me di cuenta de que me miraba con ojos oscuros y fieros.

—Mmmm, mmmm, mmmm —gimió.

A la luz de la luna vi que tenía el rostro surcado de profundas grietas. Metí las uñas en una de ellas, tiré con fuerza y le arranqué un trozo grande de piel de cáscara del rostro.

—¡Uy! ¡Cuidado! —dijo, a pesar de la rígida sonrisa de sus labios.

Yo le saqué otro trozo de cáscara, y otro, y otro, y pronto Jenny movía la mandíbula de un lado a otro, hacia delante y hacia atrás.

—¡Qué alivio! —exclamó—. ¡Puedo moverme! Deprisa, Charlie. Las manos, suéltame las manos.

Le cogí las dos manos y rápidamente le quité la cascara. En cuanto estuvo libre, Jenny se arrancó la piel de cáscara que tenía en las piernas y en el pecho hasta que se la quitó toda y estuvo tan libre como yo.

A lo lejos se oyó el aullido de un perro: parecía que Craik y sus compinches tenían un perro de caza. Entondes tomé una rápida decisión. Si Jenny y yo conseguíamos convencer al rey de las marionetas de que todavía éramos unas marionetas, quizá todavía teníamos una oportunidad. Si nos quedábamos fuera, estábamos perdidos.

—Tenemos que volver a la caravana —dije.

—Lo sé —asintió Jenny—. Es nuestra única posibilidad. Pero primero te tienes que limpiar la cara.

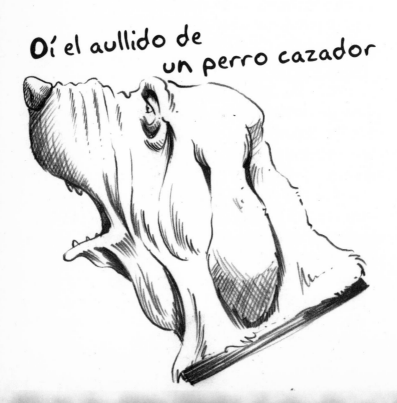

Oí el aullido de un perro cazador

Me froté el rostro y las manos hasta que me quité todos los restos de mi piel de cáscara. Cuando me la hube quitado toda, sonreí como una marioneta y Jenny hizo lo mismo.

—¿Qué te parece? —preguntó, mientras caminaba con las piernas rígidas.

—No está mal —repuse, sonriendo—. Puede funcionar.

Entonces volvimos a oír los aullidos del perro. Había encontrado nuestro rastro.

—Tendrá que funcionar —grité—. ¡Vamos!

De vuelta a la boca del lobo

El rey de las marionetas estaba aterrorizado. Había oído los disparos y los aullidos del perro, y estaba dando vueltas arriba y abajo por los escalones de la caravana.

—¡Por fin! —gritó—. ¿Sólo estáis vosotros dos? —Miró hacia los árboles del claro, pero cuando se dio cuenta de que sólo estábamos nosotros dos, nos cogió los sacos de lona y nos subió a la caravana.— No me importan los demás, no podrán decir nada —dijo para sí mismo—. ¡No pueden hacer nada!

Abrió el saco que yo llevaba y vertió el contenido en el banco de trabajo.

—Oh, fantástico, Charlie, te has superado a ti mismo —exclamó, sonriendo—. Creo que tú y yo vamos a trabajar muy bien juntos; y tú también, Jenny, querida, como siempre. No os preocupéis por las otras marionetas, estarán sentados como buenos chicos en casa de algunos niños caprichosos y nadie se dará cuenta de nada. ¡Hay muchos más allí de donde vienen!

«¡Pobrecitos! —pensé mientras el titiritero nos volvía a colocar los hilos y nos colgaba de los ganchos—. Los meterán en un trastero y nadie sabrá nunca por qué no hablan y por qué van por ahí como zombies.»

Por suerte, el titiritero no se dio cuenta de que ya no éramos marionetas. Estaba tan excitado por el oro y tan pendiente de los ladridos del perro, que cada vez estaban más cerca, que no se fijó ni en Jenny ni en mí, así que continuamos interpretando nuestros papeles, dignos de un Óscar. Rápidamente subió al asiento del conductor y fustigó al caballo para que se pusiera al galope.

Esto es un trozo de cáscara de marioneta que guardé

El encuentro de mis enemigos

La caravana bajó traqueteando por el camino y las marionetas daban bandazos colgadas de los hilos, chocando las unas contra las otras. Puesto que no tenía mi piel de cáscara, eso dolía de verdad y tuve que esforzarme por no gritar y no delatarme. Solamente habíamos avanzado un kilómetro o así cuando alguien se puso delante del caballo obligándolo a detenerse. Oí el ladrido de un perro de caza y la voz de Craik que gritaba:

—Tienes prisa, titiritero. ¿Es que te has metido en algo que no debías?

—Voy a ofrecer un espectáculo al otro lado de las marismas, y si no me doy prisa llegaré tarde —gruñó el rey de las marionetas—. Ahora apártate de mi camino y deja de apuntar con esa pistola.

—Todo a su debido momento —dijo Craik—. Estoy buscando a una peste de niño que se llama Charlie. Se le busca a ambos lados del océano Pangaeánico y hace menos de una hora que me ha robado el tesoro de un rey. Lo quiero recuperar, y quiero verlo a él y a sus amigos colgados de la horca. Así que no te molestará, señor titiritero, que echemos un rápido vistazo a tu caravana, ¿verdad?

Jenny y yo nos miramos aterrorizados.

—No me asustas. Nunca he oído hablar de ese Charlie y no sé nada de ningún robo. Ahora, apártate de mi camino o te atropellaré —ordenó el titiritero con los ojos brillantes de rabia.

—Eso no es muy amable, amigo —repuso Craik con tono burlón y, de repente, disparó la pistola en señal de advertencia y la bala atravesó el sombrero del rey de las marionetas—. La próxima te recortará la barba, desgarbado insecto larguirucho.

Oí que el titiritero soltaba un bufido de enojo y con un movimiento demasiado rápido para que lo vieran, hizo restallar el látigo que emitió un agudo *crack*. Craik dejó caer la pistola con un grito y el látigo volvió a restallar y se enroscó en los tobillos de Craik. El titiritero dio un tirón y Craik cayó al suelo.

El rey de las marionetas espoleó al caballo y la caravana se bamboleó hacia delante. Las pesadas

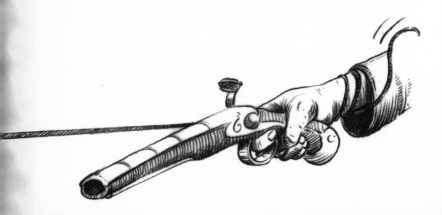

ruedas de madera molieron las piedras del suelo, pero no pisaron al cazaladrones porque éste las esquivó rodando por el suelo.

Pronto estuvimos trotando por el camino otra vez. El rey de las marionetas iba de pie en el asiento de delante, con el látigo levantado y los faldones de su abrigo flotando al viento, y tenía una expresión salvaje en los ojos. Mientras avanzábamos, la caravana pegaba botes y traqueteaba sobre las piedras del camino. De repente tropezamos con una piedra grande, las puertas traseras de la caravana se abrieron y un montón de marionetas salieron disparadas y aterrizaron entre los setos y la cuneta. El rey de las marionetas no se detuvo: ni siquiera miró hacia atrás, sino que fustigó todavía más al caballo.

Un hombre destrozado

Continuamos avanzando durante toda la noche y durante todo el día siguiente. El ritmo de la marcha no aminoró hasta que el caballo, sin aliento y con el pelaje empapado de sudor, finalmente se puso al trote. El rey de las marionetas lo condujo hacia una posada del camino y dejó que el animal bebiera en el abrevadero todo lo que quisiera.

Entonces percibí un cambio en el rey de las marionetas. El hombre tranquilo y seguro de sí mismo que cautivaba y hechizaba al público había desaparecido; el hombre que se colocaba ante cientos de personas y los amenazaba, les tomaba el pelo y los atormentaba sin ninguna dificultad, ahora se movía como un viejo. ¡El poderoso rey de las marionetas, el terror de todos los pueblos de esa zona, que casi brillaba de energía y de malignidad, ¡ahora era una sombra de sí mismo!

Las piernas le crujían como ramas secas cada vez que se movía, y su piel gris se había puesto tan pálida que casi era transparente. Yo no tenía ni idea de qué era lo que había provocado ese cambio, pero había sucedido después de que las marionetas cayeran de la caravana. Entonces se me ocurrió una idea que me golpeó como un rayo: ¿era posible que el rey de las marionetas obtuviera su poder de nosotros, que sin su ejército de marionetas el rey no fuera nada? ¿Éramos nosotros quienes lo teníamos bajo control a él y no él a nosotros? Eso era algo en lo que tenía que pensar...

Ahora que he tenido la oportunidad, he puesto el diario al día. Han pasado muchas cosas desde que respondí a la llamada del rey de las marionetas y tenía miedo de confundirlo todo. Así que he rescatado el diario de la mochila y, mientras él conducía la caravana a un ritmo constante, he conseguido anotarlo todo. Pero ahora Jenny y yo tenemos mucho trabajo y muchos planes que realizar. Volveré a escribir muy pronto.

Decidiendo un plan de acción

¡Hola! Soy Jenny Green. Apuesto a que esto os ha sorprendido, pero he cogido un rato el diario de Charlie mientras él busca algo para comer. Cuando era una marioneta nunca tenía ganas de comer, ¡pero ahora que ya no tengo esa horrible piel de marioneta estoy completamente famélica!

En este mismo momento, Charlie está subido en el estante de arriba de la caravana y está rebuscando dentro de su mochila. Ha sido un buen espectáculo verlo trepar hasta ahí, ¡casi mejor que ir al circo! Primero ha empezado a tirar de sus cuerdas, que todavía estaban colgadas del gancho del techo, hasta que ha empezado a balancearse. Muy pronto iba de un lado a otro como un trapecista, volando en el aire cada vez más alto.

A pesar de que chocaba contra las marionetas que tenía a su alrededor, Charlie ha conseguido balancearse tan alto que ha llegado a la altura del estante. Entonces, dándose impulso hacia delante, se ha agarrado a él y ha pasado una pierna por encima. Entonces ya le ha sido fácil

viga

mochila

Lo siento, no sé dibujar muy bien, ¡pero éste es Charlie lanzándose hacia el estante! Jenny

estante

trepar para buscar entre las cosas que guarda en la mochila.

¡Ñam, ñam, ñam!

La barriga me rugía mientras miraba a Charlie abrir lata tras lata de comida y tragarse todo el contenido. Pero en cuanto ha terminado, Charlie ha rellenado una de las latas vacías con cosas para comer, se ha sentado en el borde del estante y ha saltado. Se ha columpiado por la caravana igual que Tarzán se columpiaba en la jungla y me ha pasado una lata de comida. Lo ha hecho realmente bien... ¡como si se hubiera pasado la mitad de la vida saltando en un bosque tropical!

¡Ñam ñam!

He cogido la lata y me he zampado la comida. ¡Oh, qué buena estaba! Lonjas de carne en conserva mezcladas con melocotones con salsa dulce; sopa de tomate con tropezones de pastel de menta Kendal. ¡Nunca había probado nada tan bueno!

Adiós, Jenny.

Será mejor que ahora deje de escribir, porque Charlie y yo

¡Up, perdón! Se me han caído algunas judías.

tenemos que empezar a pensar en un plan para salir de aquí... ¡si es que somos capaces de pensar en alguno, quiero decir!

Tengo un plan ¡Ja, ja!

Soy yo otra vez, Charlie, ¡y creo que tenemos un plan! No sé si va a funcionar, pero tenemos que hacer algo. Nos hemos dado cuenta de que algunas de las marionetas son tan viejas y han recibido tantos golpes que tienen la piel de cáscara llena de un montón de finas grietas. ¡He decidido acelerar el proceso! Os contaré cómo va en cuanto pueda.

Quitando las cáscaras

Los días van transcurriendo. El paisaje ha cambiado y hemos pasado de marismas a bosques y de llanuras a suaves colinas, y ahora volvemos a estar en una tierra de nieve y hielo. Jenny y yo hemos estado muy ocupados...

Encontré el pequeño caramelo duro de café en el bolsillo del pantalón, y ha sido la herramienta perfecta para nuestro intento de huida. Trepé y me deslicé por las vigas del techo, me descolgué por las cuerdas de las marionetas y, dándoles golpecitos con el caramelo duro les rompí y agrieté las pieles de cáscara hasta que parecían puzzles. Luego, con mi diente de cocodrilo super afilado y super duro, les hice saltar los trozos de piel de marioneta dejando al descubierto su piel de verdad. Pronto los niños pudieron empezar a estirar los dedos y a frotarse los músculos por primera vez en años.

Usaron mi diente de cocodrilo para cortar las cuerdas.

Jenny hizo lo mismo y trepó por las vigas, como miembro de un comando en un asalto, con el cuchillo sujeto entre los dientes.

Jenny trepó por la viga.

—Oh, muchísimas gracias —susurró una de las marionetas en cuanto estuvo libre—. Pensé que me tendría que quedar así para siempre. ¿Y ahora qué vamos a hacer con ese horrible y maligno insecto de ahí fuera?

—Bueno —dije yo—. Tenemos una especie de plan...

Ya hay unos doce niños libres. Ahora están colgados de sus hilos y esperan con paciencia que pongamos en marcha el plan que hemos tramado. ¡Oh, espero que funcione! Será mejor que me vuelva a poner los hilos otra vez. Tiene que funcionar. ¡Espero que seamos suficientes!

En casa del rey de las marionetas

Todavía no me puedo creer lo que ha pasado. ¡Incluso mientras escribo me tiembla la mano! Si no fuera por Jenny, yo no estaría aquí...

Finalmente, un día, el caballo redujo la marcha y el titiritero condujo la caravana por una larga y pronunciada curva. Habíamos llegado a nuestro destino y yo miré por la ventana para ver dónde estábamos. ¡Oh, uau! No me lo podía creer: estábamos justo entrando en una de las enormes

cuevas de hielo que yo había visitado antes.
¡Esperaba que no tuviéramos que enfrentarnos a
más murciélagos!

El rey de las marionetas condujo la caravana
hacia el fondo de la profunda cueva y dejamos la
entrada muy lejos. Entonces nos detuvimos y el rey
de las marionetas bajó y abrió las puertas de la
caravana.

El titiritero había convertido el fondo de esa
cueva de hielo en su casa. Había unas cuantas
piezas de mobiliario: una silla y una
mesa, un armario que tenía unos
cajones abiertos de los cuales
colgaban hasta el suelo un montón
de trucos de magia y de pañuelos de
colores. En una esquina había un
largo banco de trabajo lleno de
tubos de laboratorio, vasos y
extraños líquidos. ¿Era aquí
donde preparaba la poción que
nos había convertido a todos en
marionetas? Pero no tenía tiempo
de pensar en ello. ¡El rey de las
marionetas tiró de una cuerda,
unas cortinas se abrieron a sus
espaldas y todo se llenó de una luz
dorada!

Achiné los ojos ante esa

fuerte luz. Fue como si el sol saliera dentro mismo del arco de hielo. Pero no era el sol, sino algo todavía más increíble. Cuando los ojos se acostumbraron al brillo, lo vi: ¡oro! Montones y montones, estantes y estantes llenos, cofres y cofres y barriles y barriles de oro. En todo ese oro se reflejaba la luz que despedían todas las superficies de hielo de la cueva y llenaba toda la cueva de una brillantísima luz amarilla.

La razón de vivir del rey de las marionetas

En cuanto las cortinas se abrieron y la luz dorada llenó el arco de hielo, el rey de las marionetas cayó de rodillas, levantó los brazos y se bañó en ella.

«Ésta debe ser la razón de vivir del rey de las marionetas —pensé—, admirar, pulir y exponer su tesoro.» Pero no importaba cuántos botines consiguiera robar: nunca tendría suficiente. Siempre querría más, y más y más... ¡y para conseguirlo, necesitaba a su ejército de marionetas!

—¡Oh, qué maravillas! Qué fantásticos objetos y baratijas —gritó, hablándole a su tesoro con el amor con que un padre habla a su hijo—. Te he traido unos nuevos amiguitos: mis bonitas marionetas.

Se puso en pie y caminó rápidamente hasta la parte de atrás de la caravana.

«Entra, rey de las marionetas —me dije a mí mismo—. Nuestro plan no funcionará si no entras.» Pero él se quedó fuera, arrastró el cofre de oro hasta la puerta abierta y abrió la tapa. Estaba lleno hasta el borde, no sólo con el oro de Craik sino con todos los otros botines que las marionetas habían robado durante su último viaje.

El rey de las marionetas se llenó los brazos de piezas de su tesoro y las llevó hasta su alijo. Estaba muy cansado y era evidente que se sentía débil. Entonces fue cuando me sorprendí: al verlo caminar por delante de su tesoro, vi que la luz le atravesaba el cuerpo ligeramente, como si su figura desapareciera ante mis ojos. ¡Por primera vez me di cuenta de que no era un ser humano! Pero, en ese caso, ¿qué especie de cosa era?

Podía ver a
través de su cuerpo.

¡La hora del espectáculo!

El rey de las marionetas puso con cuidado el oro en un montón. Luego cogió las piezas una por una y las pulió, girándolas con suavidad entre las manos antes de colocarlas con cuidado en una estantería que ya estaba a rebosar.

Había recuperado el brillo de los ojos, pero todavía estaba débil. Si yo quería una oportunidad de vencerle, había de ser entonces, cuando tenía pocas fuerzas. Tenía que hacer que el titiritero entrara en la caravana: ¡o entonces o nunca!

—Eh, tú, rey de las marionetas —llamé, dando golpes con la marioneta que tenía al lado—. ¡Vas camino del desastre!

Balanceé con fuerza a la marioneta haciendo que chocara con la otra marioneta que tenía al lado y consiguiendo que chocara toda la hilera. El titiritero entró por la puerta de un salto como un enorme y desgarbado saltamontes y echó un fiero vistazo al interior de la caravana. Todas las marionetas que colgaban del techo se balanceaban de un lado a otro.

—¿Dónde estás, pequeño diablo? —gruñó mientras recorría arriba y abajo las hileras de marionetas y las observaba una por una—. ¡Te voy a encontrar y haré que desees haber sido una marioneta para siempre!

¿Dónde estás, pequeño diablo?

Yo esperé con el rostro como una piedra mientras el titiretero se detenía delante de mí y me miraba con insistencia, intentando detectar el más ligero movimiento de mi cara. Oh, qué ganas tenía de estornudar, pero mi vida dependía de que me quedara completamente quieto. Él se dio la vuelta para observar la marioneta que estaba delante de mí y, entonces, me solté de los hilos y me dejé caer encima de sus hombros. Le puse las manos en los ojos y apreté con los talones con todas mis fuerzas. El rey de las marionetas tropezó y empezó a dar vueltas en un desesperado intento de hacerme caer.

—¡Suéltame, tú, inútil trozo de madera! —gritó, moviendo la cabeza hacia delante y hacia atrás como un loco. Era como montar un potro salvaje.

—¡Yuuupi, yeee-pa! —chillé yo, nervioso y excitado—. ¡Adelante, vaquero!

El titiritero levantó las manos, me agarró los brazos e intentó quitárselos de la cara. Me alegré de que no tuviera todas sus fuerzas porque, de todas maneras, tenía más fuerza de la que imaginaba. ¡No sabía si eso iba a funcionar!

Justo en ese momento, Jenny y los otros doce niños que habíamos conseguido liberar cayeron desde el techo. Cortaron los hilos con mi navaja, mi cuchillo de caza, el diente de cocodrilo y las tijeras y, así, se soltaron de los ganchos. Algunos de ellos cayeron sobre la espalda del maestro y empezaron a darle patadas y a morderlo. Otros cayeron al suelo y le sujetaron las piernas y le hicieron tropezar por toda la caravana.

Le arañamos y le mordimos como si fuéramos una manada de monos, pero el titiritero tenía la piel dura como la porcelana. «¡No me lo puedo creer! —pensé—. ¡Él es sólo una marioneta gigante!»

Redoblé los esfuerzos y apreté todavía más fuerte las manos contra la cuencas de sus ojos. El rey de las marionetas daba vueltas gritando con todas sus fuerzas.

—¡Ahora! —grité, en cuanto él se acercó a la puerta de entrada.

Un niño pequeño se agachó delante del titiritero y Jenny se lanzó contra él por detrás dándole un golpe en las piernas con los hombros. El titiritero salió volando por la puerta y aterrizó en el helado suelo de fuera con un fuerte golpe. En cuanto cayó al suelo, oí un crujido, salí disparado de sus hombros y rodé por el suelo hasta que choqué contra una estalagmita. Miré al titiritero y vi con asombro que tenía una enorme grieta en la mejilla que le bajaba por el cuello hasta el pecho, que ahora llevaba al descubierto.

—¡Oh! ¡Está hueco! —dijo un niño pequeño con un tono de voz chillón, pues hacía mucho tiempo que no hablaba.

—No tiene nada dentro —dijo Jenny—. Todo este tiempo sólo era una marioneta. ¡Está completamente vacío!

Tenían razón. El pechó del titiritero se había abierto por la grieta y dentro estaba hueco. Pero, aun hueco, esa cosa maligna todavía pudo ponerse en pie y, avanzando sobre esas largas piernas como de araña, avanzaba hacia mí. ¡Socorro!

¡Una rápida decisión!

El rey de las marionetas hueco avanzaba hacia
mí como el monstruo de Frankenstein. Yo estaba
tumbado y sin respiración delante de la
estalagmita y no tenía dónde esconderme. Si daba
unos cuantos pasos más, me atraparía. Tenía que
hacer algo.

Un paso... ¡Piensa, Charlie, piensa!

Dos pasos... ¿Qué tengo en la mochila que pueda
serme de ayuda?

Tres pasos... ¡No se me ocurre nada en
absoluto!

Cuatro pasos...

Y entonces, de repente, se me ocurrió. Metí
la mano hasta el fondo de la mochila y saqué la
trampa que me había llevado de la cabaña del
trampero Blane. La abrí hasta que oí el clic
del resorte y, con un solo movimiento, la hice
resbalar por encima del hielo del suelo hasta el
lugar en que el titiritero iba a
poner el pie.

¡Crack! La trampa se
cerró. El titiritero no
notó nada, pero su
pierna hueca se
rompió, él cayó

gatillo

Trampa para hombres. bisagra
con muelle
Colocada y a punto
de funcionar

al suelo y esta vez se rompió en mil trozos como si fuera un jarrón de porcelana. De los trozos de su cuerpo se levantó una nube de humo rancio, como si fueran los restos de un maleficio maligno.

La cabeza vacía del titiritero, todavía intacta, rodó por el suelo y se detuvo a mi lado. Los ojos se movieron

¡CRACK!

en las cuencas y me miraron.

—Charlie Small —dijo en un siseo.

Y entonces se le cerraron los ojos y la cara se le deshizo en un montón de cenizas.

La cabeza del titiritero se desintegró en un montón de cenizas

¡Una sorpresa desagradable!

Ahora que el rey de las marionetas ya no estaba, las marionetas que quedaban se volvieron a convertir en niños. Las duras cáscaras que los habían envuelto durante tanto tiempo se disolvieron. Los niños se desengancharon del techo, cayeron al suelo y salieron de la caravana al hielo de la cueva.

—¡Hurra! —gritaban, cuando se enteraban de que el rey de las marionetas ya no estaba—. ¡Yupi!

Cada vez que gritaban, las estalactitas que teníamos sobre la cabeza vibraban y se agitaban como unos enormes candelabros.

—Sssssh —dije yo—. No gritéis, o nos caerán encima y nos clavarán en el suelo.

Los niños se callaron inmediatamente.

—¡Y ahora, salgamos de aquí! —susurré.

Cogí mi mochila y, mientras el techo de la cueva vibraba y tintineaba, nos dirigimos hacia a la salida. Cuando salimos al exterior estaba nevando, lo cual reducía la visibilidad más allá de unos metros.

—¡Lo hemos conseguido! —grité, girándome hacia los demás—. ¡Estamos a salvo!

¡Pero todavía no! Algo me agarró por detrás. Una fuerte mano me tapó la boca y noté una fría daga en el cuello.

—¿Dónde está mi oro, Charlie Small? —Era Joseph Craik, y había traído a sus compinches con él—. No quiero ningún truco ahora, o te arrancaré las tripas como a un pavo de Navidad.

¡Oh, no, no me lo podía creer! ¿Qué estaba haciendo allí? Después de todo el duro trabajo y de toda nuestra planificación, no estábamos mejor que cuando el rey de las marionetas estaba vivo. Había fallado.

—Está ahí dentro —dije, enojado y señalando hacia el arco de hielo.

—No pongas esa cara de alicaído, Charlie —dijo Craik, sonriendo—. ¡Mira lo que tengo para ti y para tus amigos!

El cazaladrones dejó caer en el suelo una gran bolsa de piel y extrajo una serie de palos de metal unidos con unas fuertes cuerdas elásticas. Los depositó en el suelo y los montó unos sobre otros.

«¿Qué demonios es eso?», me pregunté mientras él colocaba una pieza en ángulo recto con las otras

¡El pavo de Navidad!

y montaba el conjunto sobre tres patas. «Conozco
este objeto —pensé—; ¿pero dónde lo he visto
antes?». Entonces lo recordé... supe exactamente
qué era. ¡Oh, no!

—¿Ingenioso, verdad? —dijo Craik riendo—. Lo
he diseñado yo mismo. Un buen cazaladrones debe
estar siempre preparado, y prometí que te vería
ahorcado. ¡Lo llamo *lazo portátil*! Bueno, cuando
vuelva con mi oro permitiré que tú y tus
compañeros lo probéis.

¡No, no, no!, pensé. No era posible que estuviera
sucediendo eso. ¡Ahora nos enfrentábamos a la
horca!

¡Hora de cantar!

—Vigila a éstos, Shirley —dijo el avaricioso cazaladrones al bandido más grande de la banda.

—¡Shirley! —exclamé—. ¿No es nombre de chica?

—No, no lo es —gritó el bandido—. ¡También es nombre de chico, así que vigilad, listillos!

—¡Oooh! ¡Qué susceptible!

—Cállate —gruñó Craik, poniéndome la daga en el cuello otra vez—. Si éste te da problemas, Shirley, ábrele la barriga.

Me empujó bruscamente hacia su compañero y entonces, haciendo una señal al resto de sus hombres para que lo siguieran, entró en el arco de hielo.

¡No podía evitar que el compinche de Craik me recordara a alguien de mi época en la jungla!

—Por aquí, chicos. ¡Mirad esa luz dorada! Debe de haber una fortuna ahí dentro. ¿A qué estamos esperando, compañeros? ¡Adelante!

Desaparecieron entre las enormes estalactitas y estalagmitas que reflejaban la luz dorada del montón de oro del rey de las marionetas. Pronto sus voces se perdieron en las profundidades de la cueva.

Los otros niños me miraron a la espectativa, pero yo me había quedado sin ideas. Entonces, sin aviso, Jenny inhaló profundamente y, como una cantante de ópera, soltó una nota tan aguda y clara que parecía que cortaba el aire como un cuchillo. ¿Qué estaba haciendo? ¿Se había vuelto loca? Todos la miramos, pero ella continuaba emitiendo esa nota aguda y entonces, al oír que las estalactitas de la cueva empezaban a tintinear, ¡comprendí lo que estaba haciendo!

Jenny se quedó sin aliento, inhaló otra vez y volvió a cantar, ahora más fuerte.

—¡Argh! ¡Para! —gritó Shirley tapándose los oídos con las manos—. ¡Eso duele!

¡Jenny cantaba!

Pero Jenny no le hizo caso y el tintineo de las estalactitas se fue haciendo cada vez más fuerte ¡hasta que, una a una, empezaron a romperse y a caer al suelo como mil cuchillos!

—¡Socorro! —gritó Craik desde el fondo de la cueva. Las lanzas de hielo caían en grandes cantidades y se clavaban en el suelo helado—. ¡Socorro!

Entonces toda la cueva de hielo empezó a temblar y a vibrar y, mientras la aguda nota de Jenny continuaba cortando el aire, toda la enorme estructura se derrumbó con un estruendo y levantando una gran nube de nieve. ¡La banda de Craik estaba acabada y todo el suelo temblaba a causa del ruido! Todos miramos a Jenny, incrédulos.

—Antes estaba en el coro de la escuela —dijo con timidez.

—¿Qué es lo que has hecho? —gritó Shirley—. ¿Dónde está el jefe?

El fantástigo grupo de marionetas

Corrió hacia el arco de hielo, que ahora era solamente un enorme montón de nieve.

—Jefe, vuelve. No me dejes aquí con estos horribles pilluelos. ¡Jefe!

No hubo ninguna respuesta, solamente se oía el sonido del viento sobre la nieve. Shirley se dio la vuelta hacia nosotros y, sacándose una porra del bolsillo del abrigo, avanzó hacia Jenny y hacia mí.

—¡Sabíais que esto iba a pasar! —gritó—. Lo habéis hecho a propósito, y ahora lo vais a pagar.

¡Shirley ataca!

Los demás niños avanzaron para rodearlo e intentar evitar que continuara, pero el hombre se rio. Con un golpe de porra los tumbó a todos en el suelo como si fueran bolos. Sólo tenía una posibilidad. Ahora me tocaba a mí dar con la nota correcta: levanté la cabeza y empecé a aullar una y otra vez. Shirley se detuvo, sorprendido, pero en cuanto mis gritos se desvanecieron, avanzó otra vez hacia mí.

—¿Has terminado? —preguntó, con una risita—. Espero que ahora te sientas mejor.

Entonces levantó la porra y, avanzando hacia mí, se dispuso a golpearme. Justo cuando la porra iba a estrellarse sobre mi cabeza, todos oímos un gruñido grave y ronco.

Shirley dio media vuelta y allí estaba mi amigo *Braemar*, que había aparecido en medio de la nieve como un fantasma. Detrás de él, encima de un terraplén de nieve, había una enorme manada de lobos blancos que empezaron a aullar hacia el cielo, todos a la vez. El bandido más duro de la banda de Craik se quedó aterrorizado: dejó caer la porra, dio media vuelta y salió corriendo perseguido por los aullidos de los lobos y los gritos de los niños.

Braemar corrió, dio un salto y cayó sobre mí, tumbándome en la nieve. El animal me lamía la cara y yo le acariciaba el pelaje, agradecido y aliviado.

¡El gran Shirley es un gran bobo!

—Gracias, *Braemar*. Me alegro mucho de verte otra vez —grité—. ¿Pero qué vamos a hacer ahora?

Porque, aunque habíamos derrotado al rey de las marionetas y nos habíamos librado de Craik, todavía estábamos perdidos en medio de ninguna parte.

Braemar ladró y la manada de lobos bajó por la pendiente. Cada uno de los lobos se aproximó a un niño. *Braemar* giró la cabeza y me miró, soltando un ladrido. Yo supe exactamente qué quería decir, así que subí a su fuerte y ancha grupa.

—Vamos —grité a los demás—. ¡Nos vamos a casa!

Todos subieron a la grupa de los lobos blancos y Jenny montó en *Braemar* conmigo. El lobo soltó un fuerte aullido y salió corriendo por la nieve, seguido por toda la manada.

Hora de marcharse

Está empezando a amanecer. He estado poniendo al día mi diario, escribiendo todas las espantosas aventuras que tuve en la madriguera del rey de las marionetas. Convertirme en una desvalida marioneta y ser controlado por ese monstruoso titiritero ha sido tan horroroso que espero que nunca vuelva a experimentar nada parecido. Pero lo he derrotado; con la ayuda de mis amigos, lo he derrotado a él y a Joseph Craik. ¡HURRA!

Me he quedado en casa de la abuelita Green durante la última semana, pero ahora me estoy preparando para partir. Todo el mundo ha sido muy amable conmigo... demasido amable, en realidad. Me han tratado como a un héroe. Si quiero cualquier cosa, lo que sea, sólo tengo que pedirlo y es mío. Por eso tengo que marcharme. Si me quedo aquí más tiempo, quizá nunca quiera marcharme y nunca vuelva a ver mi casa. Ser un héroe puede ser realmente difícil. ¡Aunque, por supuesto, al principio pensé que era fantástico!

¡Un héroe!

Como flechas, atravesamos el paisaje nevado sobre nuestros hermosos lobos sin detenernos ni cuando había tormenta ni cuando llegaba la noche. Al llegar a las Colinas de Pizarra, los lobos se separaron y cada uno de ellos llevó al niño que transportaba a su casa.

Mientras galopábamos entre las colinas, pasamos al lado de otros niños que iban camino de sus casas. Ellos también habían sido liberados de su cáscara de marioneta cuando el rey de las marionetas fue destruido. Habían llegado desde el lugar en que el malvado titiritero los había abandonado. Fuera desde el hogar para niños abandonados, el vertedero municipal o la cuneta de cualquier camino lejano, los niños por fin volvían a casa.

¡Jenny y yo llegamos a la plaza del mercado a lomos de *Braemar* vociferando a todo pulmón! La gente corrió a la calle para ver qué sucedía y todos gritaron de alegría al ver a Jenny. Mientras los otros niños desaparecidos empezaban a llegar al pueblo, *Braemar* me dio un lametón en la mano y, antes de que yo tuviera tiempo de reaccionar, se marchó.

Entre gritos de alegría y aplausos, seguí a Jenny

por la plaza del mercado. Abrió la puerta de la ferretería y se detuvo, sintiéndose extraña ahora que estaba en casa. Su abuela vio quién estaba en la puerta y los ojos se le llenaron de lágrimas mientras extendía las manos temblorosas. La niña corrió a sus brazos, y se abrazaron y besaron y lloraron hasta que se calmaron y luego volvieron a llorar otra vez y no se soltaron durante mucho, mucho rato.

Cuando la abuelita Green se dio la vuelta para mirarme, yo sabía que me había convertido en un héroe. ¡Desde luego, todos los chicos quieren ser héroes y yo no era una excepción!

Pero, creedme, ser un héroe no es tan bueno como lo pintan.

Charlie Small es un héroe (de verdad).

Charlie Small, ¡superestrella!

La anciana estaba tan contenta de haber recuperado a su nieta que insistió en que me quedara con ellas. Me dieron la mejor habitación de la casa y me trajeron ropa nueva. Después de que el resto de niños hubo regresado a sus casas, yo podía tener todo lo que quería. Sólo tenía que mirar un juguete, o un cuchillo de caza, o una rebanada de bizcocho de una tienda e, inmediatamente, una tendera agradecida corría y me lo ofrecía. Me trataban como a un rey y ése, me temo, era el problema.

Me había hecho tan famoso y tan popular tan deprisa que corría el peligro de convertirme en un engreído. Mi fama se extendió hasta las Colinas de Pizarra y más allá. Yo era una celebridad, una superestrella, y a todas partes donde iba la gente me seguía y las chicas gritaban mi nombre.

Fui invitado a banquetes que se celebraron en mi honor y fui entrevistado por todos los periódicos. Era fantástico: ser famoso me encantaba. Incluso me olvidé de intentar regresar a casa. «Quizá me quede por aquí —pensaba— y lleve una vida de lujo.»

Entonces, un día, un importante empresario de un pueblo vecino me ofreció un contrato de grabación de un millón de dólares. ¡Ni siquiera me había oído cantar nunca! Yo sabía que mi voz sonaba como una puerta de hierro sin engrasar, pero el hombre decía que eso no importaba.

—Tenemos que aprovechar la buena racha, Charlie —dijo—. Pronto ya no serás noticia.

Y entonces me oí a mí mismo decir:

—Lo siento, pero un millón no es suficiente...

Entonces supe que me había convertido en un tonto engreído. Había llegado la hora de marcharme antes de convertirme en un completo estúpido y antes de que Jenny, su abuela y todo el pueblo se enojaran conmigo.

Y ahora que está llegando el amanecer, ahora que termino de escribir mis aventuras mientras Jenny y la abuelita Green todavía duermen, bajaré las escaleras en silencio, cogeré mi mochila y me marcharé.

Les he dejado una nota a la anciana y a su nieta. No sabía cómo

¡Me estaba convirtiendo en un engreído!

agradecerles tanta amabilidad, así que simplemente he escrito:

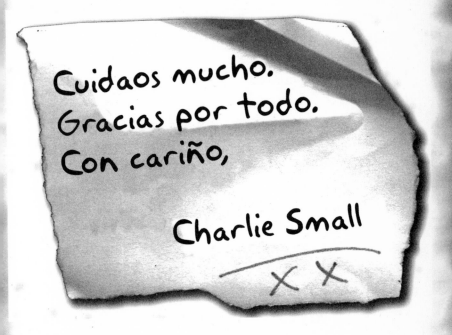

Cuidaos mucho.
Gracias por todo.
Con cariño,

Charlie Small

X X

Levanté el pestillo de la puerta, atravesé la plaza y desaparecí en los callejones que conducían al campo y a la posibilidad de encontrar el camino de vuelta a casa.

Caminando sobre la cuerda floja

¡NO, NO, NO! ¡Todo ha salido terriblemente mal otra vez!

Estoy escribiendo esto entre las sombras de una enorme hoguera. Tengo los pies fuertemente atados con una gruesa cuerda y mi mochila está demasiado lejos para coger el cuchillo de cazador y soltarme. Hay un pote de café hirviendo sobre el fuego y al otro lado, entre las sombras, se encuentra mi captor, que está tomando su cena de judías. No me puedo creer que me haya vuelto a meter en un lío. Y el día había comenzado tan bien...

El sol estaba alto y era una mañana luminosa y bonita. ¡Justo la adecuada para salir en busca de aventuras! Respiré el aire frío y limpio y empecé a silbar para hacerme compañía mientras caminaba. No tenía ni idea de en qué dirección estaba mi casa y sólo podía seguir adelante con la esperanza de que antes o después reconocería algo familiar y encontraría el camino. Pero el paisaje me era tan extraño como lo había sido la jungla cuando empecé mi atrevida escapada, y caminaba sin rumbo por las colinas.

Al cabo de unos kilómetros, el paisaje empezó a cambiar y se hizo más escarpado. Unos agujeros profundos e irregulares aparecieron por las laderas de las colinas y me di cuenta de que estaba atravesando una mina abandonada. Unas bocaminas se abrían en la cima de unas altas y empinadas laderas. Unas canteras enormes que tiempo atrás tenían hierba bajaban a ambos lados y me encontré caminando por un estrecho camino entre dos de ellas.

El camino era tan traidor que silbé con más fuerza para darme ánimos para continuar. Los pies me resbalaban y lanzaban montones de piedras pendiente abajo hasta el fondo de la cantera. Sabía que si resbalaba, las afiladas piedras de abajo me cortarían en mil pedazos.

«Tómatelo con calma», me dije a mí mismo al ver que el camino se hacía más estrecho. Me puse a cuatro patas y avancé con dificultad, porque las piedras resbalaban y cedían bajo mi peso. Había dejado de silbar y estaba completamente concentrado en mantenerme en la cima de esa montaña de piedras.

Delante de mí ví que el estrecho camino atrevesaba un profundo barranco en dirección a una ladera que estaba al otro lado. Las rocas que sostenían el camino se habían desmoronado en el centro de tal forma que el camino era como un puente por encima de un barranco; un puente que no era más ancho que mi pie. Tuve que ponerme en

pie otra vez y alargar los brazos como un
equilibrista que camina por la cuerda floja.

«¡Socorro!», pensé mientras oscilaba al borde del
abismo y sentía el viento soplar. El sudor se me
metía en los ojos y me escocían.

Caminé por la
cuerda floja

El fino puente de piedra que tenía bajo los pies
empezó a desmoronarse y unos trozos de piedra
cayeron al vacío. No tenía otra opción que seguir,
esperando y rezando para que el puente aguantara y
para que yo no resbalara y cayera a ese fondo de
rocas.

Al final lo conseguí. Recorrí los últimos metros, salté a la segura cima de otra colina y caí al suelo. Sin respiración y temblando, esperé a recobrarme. Entonces, después de comprobar que todavía tenía la mochila, proseguí por la colina de rocas.

—¡A salvo por fin! —grité, y el eco de mi voz resonó por las laderas de piedras y en las profundidades de las minas.

PERO
ENTONCES,
SUCEDIÓ...

Salgo de la boca del lobo y me meto en...

Oí un estruendo como de trueno y el suelo se abrió en una enorme grieta que tenía la forma de un rayo

y que se extendía por todas partes.

—¡Aaargh! —caí en la grieta, las piedras de la pared de la misma cedieron bajo mi peso y me precipité rodando y dando tumbos hasta abajo de todo.

Miré hacia arriba y el cielo se veía como una delgada línea azul. Delante de mí sólo veía polvo y piedras, y me pareció que rodaba durante años hasta que... ¡Bump! Llegué al fondo y me detuve.

Miré hacia arriba y vi que había rodado por una ladera enorme de la profunda garganta que había formado la grieta del suelo. El terreno que tenía bajo los pies era polvoriento y lleno de maleza. Estaba a punto de levantarme y sacudirme el polvo cuando oí un clic familiar a mi izquierda.

—¿Dónde crees que vas, chico? —preguntó una voz suave.

Me di la vuelta despacio con los brazos levantados y me encontré ante el cañón de una Colt 45.

—¡Oh, cáscaras! Éste es un mal día para ti, chico —dijo un joven sonriendo y mirándome con sus claros ojos azules—. ¡Acabas de meterte en terreno de Bob Ffrance *El salvaje*, el bandido más buscado de todo el oeste!

«¡Oh, no! ¿Y ahora qué voy a hacer?»

NOTA DEL EDITOR

Aquí termina el tercer diario.

Sea como sea, nosotras tendremos la última palabra en este diario

de :)

Jenny X

X la abuelita :) Green. X

Buena suerte, Charlie. Esperamos que llegues bien a casa.